1936년

- 1월 '영미 부인 참정권 운동자 회견기'를 《삼천리》에 발표.
- 4월 '런던 구세군 탁아소를 심방하고', '프랑스 가정은 얼마나 다를까'를 《삼천리》에 발표.
- 12월 소설 '현숙' 발표. 이혼 후 이 무렵까지 그린 것으로 '수원 서호', '인천풍경', '별장', '화령전작약' 등의 그림이 남아 있음.

1937년

- 5월 '나의 도쿄 여자 미술학교 시대'를 《삼천리》에 발표.
- 10월 소설 '어머니와 딸'[36]을 《삼천리》에 발표.

1938년

- 기행문 '해인사의 풍광' 발표.

1944년

- 경성 인왕산의 한 사찰에 정착.
- 10월 오빠 나경석에 의해 인왕산 근처 청운 양로원에 맡겨짐.

1945년

- 경기도 시흥군의 안양 경성 기독보육원의 농장으로 옮겨짐.

1948년

- 서울 용산구 원효로 시립 자제원에서 사망.

---

36) 이혼 후 하숙하고 있던 집에서의 경험을 소재로 한 것으로 생각되는데, 하숙집 주인 여자가 딸을 시집보내려 하나 신식 공부한 딸이 어머니의 말을 듣지 않아 일어나는 갈등을 그린 소설

1935년

- 2월 '신생활에 들면서'[32]를 《삼천리》에 발표.

- 3월 시 '아껴 무엇하리 청춘을'을 《삼천리》에 발표.

- 6월 《삼천리》에 '구미여성을 보고 반도 여성에게'와 '이성간의 우정론-아름다운 남매의 기' 발표.

- 7월 '나의 여교원 시대' 발표.

- 10월 '독신여성의 정조론'을 《삼천리》에 발표.

- 10월 서울 진고개[33]의 조선관 전시장에서 소품선을 개최.[34]
  첫 아들 선, 폐렴으로 열두 살 나이로 요절.

- 11월 희곡 '파리의 그 여자'[35]를 《삼천리》에 발표.

1935년의 전시회 당시 나혜석

---

32) 자신의 과거와 현재가 얽혀 있는 조선을 떠나 미래를 향해 다시 파리로 가고 싶다는 희망과 의지를 담은 글이며, 이혼 후 자신이 겪은 조선 사회의 인심을 비판하면서 '인습에 얽매인 정조관념의 해체'라는 한 시대를 앞선 주장을 했음
33) 지금의 충무로
34) 200여 점을 전시했으나 관심을 끌지 못함.
35) 구미여행 당시 있었던 일과 조선에 와서 다시 최린을 만났던 일을 소재로 한 글

영원한 신여성

나혜석 작품집

영원한 신여성
나혜석 작품집

발행일	2017년 8월 25일			

지은이	나 혜 석		엮은이	편집부
펴낸이	손 형 국			
펴낸곳	에세이퍼블리싱			
편집인	선일영		편집	이종무, 권혁신, 송재병, 최예은, 이소현
디자인	이현수, 이정아, 김민하, 한수희		제작	박기성, 황동현, 구성우
마케팅	김회란, 박진관, 김한결			
출판등록	2004. 12. 1(제2012-000051호)			
주소	서울시 금천구 가산디지털 1로 168, 우림라이온스밸리 B동 B113, 114호			
홈페이지	www.book.co.kr			
전화번호	(02)2026-5777		팩스	(02)2026-5747

ISBN	979-11-87300-98-4 04810		978-89-6023-773-5 04810(세트)

이 도서의 국립중앙도서관 출판예정도서목록(CIP)은 서지정보유통지원시스템 홈페이지(http://seoji.nl.go.kr)
와 국가자료공동목록시스템(http://www.nl.go.kr/kolisnet)에서 이용하실 수 있습니다.
(CIP제어번호 : CIP2017020892)

에세이퍼블리싱은 (주)북랩의 문학 전문 브랜드입니다.

한국 페미니즘 문학의
원류 5선

현숙

원한

규원

경희

이혼고백서

일제강점기 한국현대문학 시리즈

033

영원한 신여성

나혜석

작품집

나혜석 지음 | 편집부 엮음

ESSAY

차
례

1편

나혜석의
단편소설

일러두기

1. 저작의도를 살리기 위해 최대한 원문을 유지했다.

2. 오기가 확실하거나 현대의 맞춤법에 의거하여 원전의 내용 이해에 문제가 없을
   정도의 선에서만 교정하였다.

3. 내용 이해가 어렵지 않은 정도의 띄어쓰기는 교정하지 않았다.

4. 원전에서 글씨가 잘 보이지 않아서 엮은이가 찾아 볼 수 없는 글씨는 굳이 추정
   하여 쓰지 않고 'O'으로 대체하였다.

5. 앞말의 반복을 의미하는 'ㅅ'는 가독성을 위해 해당 언어로 바꿔 주었다.

6. 문장이 끝나는 부분이 확실한 경우에만 마침표를 추가했다.

현숙(玄淑)

/

　반 년 만에 두 사람은 만났다. 남자가 여자에게 초대를 받았으나 원래부터 이러한 기회 오기를 남자는 기다리고 있었다. 물론 동무들의 말, 여러 가지 이야기를 하였다.

　지금 대면하고 보니 향기 있는 농후한 뺨, 진달래꽃 같은 입술, 마호가니 맛 같은 따뜻한 숨소리, 오랫동안 잊고 있던 그에게 더없는 흥분을 주었다.

　확실히 반 년 전 여자는 아니었다. 어떠한 이성에게든지 기욕(嗜慾)을 소화할 수 있는 여자의 자태는 한껏 뻗치는 식지(食指)가 거리낌없이 신출(新出)함을 기다리고 있는 양이었다.

　"……어떻든지 그대의 태도는 재미가 없었어. A상회를 3일 만에 고만둔 것이라든지 카페에 여급이 된 것이라든지……"

"······하루라도 더 있을 수가 없으니까 그렇지, 내게 여급이 적당할 듯하니까 그렇지. 그리고 나는 양화가 K선생 집 모델로 매일 통행하였어. K선생은 참 자모여. 선생의 일을 언제나 귀공에게 말하지. 선생은 늘 나를 불쾌하게 하면서 내가 아니면 아니될 일이 많아······."

"응, 그래, 자 마십시다."

그는 저기 갖다놓은 홍차를 여자에게 주의(主意)주었다.

"그리고 나는 요사이 금전등록기가 되었어. 간단하고 효과 있는 명쾌한 것, 반응 100%는 어딘지, 하하하하······."

좀 까부는 듯하여 2, 3차 뜨거운 차를 불면서,

'내게서 반 년 동안 떠난 사이에 퍽 적막했었지? 인제 고만 내게로 오지.' 하는 듯한 표정으로 말끔한 남자의 얼굴을 보았다.

이십삼의 색이 희고 목덜미가 드묵하고 몸에 맞는 의복, 여자와 대면해 있는 남자는 어느 신문사 기자. 아직 아침 아홉 시 조조(早朝) 때, 남대문 스테이션 부근 작은 끽다점이었다.

"나는 오늘 좋은 플랜을 가지고 왔어. 그렇지만 당신이 이전과 같이 무서운 질투를 가져서는 아니되어요. 벌써 시크가 되지 아니했소?"

"글쎄, 어떨는지! 이번에는 당신이 발을 들여놓지 않는다니 무어나 상관없잖은가."

그는 잠깐 웃었다.

여자의 플랜이라는 것은 끽다점 양점(陽點)이었다. 장소는 종로 1정목, 그것을 인계하여 경영하고 싶으나 4백 원이라는 돈이 있어야 한다. 그리하여 1구(一口) 10원, 유지(有志: 뜻있는 사람)는 10구 이상을 신청할 사, 그녀가 상의하려고 두 사람뿐의 적당한 밤을 기다린 것이다.

"지금까지 친했던 사람이 좋지 않소, 그래 몇 구나 되었어?"

"25, 6구, 모두 불경기라는 말들만 하니까."

"그래 몇 사람이나 되어?"

남자는 큰 눈을 떴다.

"그러니 말이야, 그것이 신사 계약이에요. 누구나 다 자기 혼자만인 줄 알고 있는 것! 당신이야말로 이전부터 손되는 일은 없으니까. 하하……"

여자는 깔깔 웃는다.

"그러나 당신은 아까 나더러 레시스터 같은 생활을 한다고 했지? 그러니까 예하면 10구의 남자에게 대하여는 10구 정도, 20구의 남자에 대하여는……"

"머리가 좋지 못해, 그렇게 서비스가 싫으면 최대 한도의 구수를 가질 것이지. 그러니 30구만 해. 돈은 2차도 좋아…… 어때? 응?"

"당신의 말을 누가 하는데, 좋은 패트런이 생겼대지? 패트런을 가지는 것은 얼마나 부러운 일인가."

"무어 그렇지도 않아. 부르조아 옹(翁)이 때때로 정자옥(丁子屋) 식당에 가서 점심이나 사줄 뿐이지."

그는 역시 그 옹을 생각하였다. 그 옹에게 말하면 다소 뭉텅이 돈이 생길 듯하여. 여자는 이 플랜을 남자가 승인한 것을 알았다. 그리하여 가지고 있던 여러 장 편지를 테이블 위에 던졌다.

"거기 러브 레터도 있나?"

남자는 말했다.

"그래. 러브 레터도 많지만 문제는 그것이 아니야. 당신더러 답장을 써 달라고 싶어 그래. 요새 나는 순정한 젊은 청년들의 편지에 대하여 일행반구(一行半句)도 답이 써지지 않아. 그래 문구를 생각해서 잘 쓰려고 해도 안돼요. 네? 써주어요! 청해요!"

여자는 거짓말을 아니했다. 과연 일행반구도 써지지 않아 금일까지 답장을 질질 끌어 왔다.

그럴 동안에 남자는 편지를 일독하였다. 그 여자와 동숙(同宿)해 있는 남자의 편지였다.

"당신에게 대한 사랑을 말합니다. 벌써 오랫동안 참아 왔으나 참을래야 참을 수 없소. 마음에 찬 편지도 금야(今夜) 정하지 않고 내일을 기다립니다……"라는 의미이었다.

남자는 눈살을 찌푸렸다. 포켓에서 만년필을 뺐다. 동시에 여자는 속히 핸드백에서 레터 페이퍼를 내놓고 곧 쓰도록 현재 자기 여관 생활을 이야기하였다. 청년은 아랫방에 있고 여자는 그 옆방, 그리고 그 옆방에는 노시인이 있었다. 청년은 2, 3개월 전에 지방에서 상경하여 선전(鮮展: 조선미술전람회) 출품 준비를 하는 중이니 아무쪼록 입선되기를 바란다고 써 달라 하였다.

기자는 레터 페이퍼의 꺾인 줄을 펴가며 써 간다. 과연 추찰(推察: 미루어 헤아리다)이 민첩하였다.

"당신과 같이 나도 당신을 사랑합니다마는 밝으나 어두우나 빵을 구하기 위하여 바쁩니다. 지금 이 편지를 쓰는 것도 넉넉한 시간이 없습니다."

이렇게 세세하게 그는 여자다운 문자를 써서 편지를 썼다.

"이것을 청서(淸書)하오."

"그래 잘 되었어. 내 청서할게. 역시 당신은 거짓말쟁이구려."

"그 거짓말쟁이를 이용하는 당신이 더 거짓말쟁이지."

여자는 죽죽 답장을 읽었다. 최후에 '친구의 여관에서 당신을 사모하며'라고 했다. 그 다음에 ……이라고 쓰면 우습겠는데, 그렇게 일행(一行)을 썼다.

"이 애, 그런 것을 썼다가는 내가 죽는다."

"그럴 거 아니야. 이걸로 잘 되었어. 그 사람은 이 답장을 호

흡을 크게 하며 보겠지. 심장을 상할 터이지. 그때라고 썼으면
우습겠지. 딱 닥뜨리면 그곳에서 처음으로 호흡을 크게 쉬게
될 것이지."

"무얼, 반대로 이기면 심장이 더 동계(動悸: 심장의 고동이 심하여 가슴
이 울렁거림)하는 것이야."

"그것은 당신의 육필이니까. 이것은 누구의 대필이라고 생각해
서 신용하지 않을 것이오."

"그러면 답장을 하지 않는 것이 좋지 아니해? 그것이 된 대로 기
분을 잘 표현시킨 것이니까."

여자는 청년의 뛰는 기분을 생각하면 할수록 결국 반대 방향
을 향하고 싶었다. 그리하여 접은 레터 페이퍼를 서양 봉투에 넣
었다.

이렇게도 변할 수 있을까 할 만치 된 남자의 눈은 그의 시계를
내어 보았다.

"금야, 7시경, 종로 네거리에서 만납시다."

하였다. 두 사람은 섰다.

2

　안국정 ○○하숙은 가을 비 흐린 날 어둠침침하였다. 노시인 방은 발디딜 곳 없이 고신문 고잡지가 산같이 쌓였다. 시인 자신은 한가운데 책상 대신 행리(行李: 짐보따리)를 놓고 앉아 3인 동반의 학생에게 향하여 큰 말소리로 이야기하고 앉았다. 지방 고등보통학교 학생 제복을 입은 학생 3인은 빈궁하고도 유명한 노시인에게 충심껏 경의를 표하는 어조로,

　"반 년 전에 선생님께서 지어주신 교가보(校歌譜)가 최근 겨우 되었습니다. S씨의 작곡입니다. 오늘은 저희들이 교우회 대표로 선생님께 보고하러 왔습니다. 저희는 가서 곧 전교 학생에게 발표하려고 합니다. 선생님 저희들이 불러 보겠습니다."

　3인은 경의를 다하여 작은 소리로 교가를 불렀다. 노시인은 취한 얼굴로 둘째 손가락으로 박자를 맞추고 있었다.

　그런데 정직하게 말하면 노시인은 타인의 노래를 듣는 것같이 자기가 지은 것을 전혀 잊고 있었다. 그러나 그들의 유창한 노래에 흥분되어 2, 3개소 기억되는 문구가 있었다.

　"응! 그것! 그것! 확실히 그것이다!"

　노시인은 대머리를 쓰다듬고 고개를 끄덕끄덕했다.

"참 좋은 곡조다. 나는 바이런을 숭배하고 있다. 이 교가에는 바이런의 시 냄새가 난다. 한 번 더 불러 주오, 나도 같이 배워봅시다."

학생들은 노시인의 정열적인 말에 소리는 점점 크게 높게 되었다. 노시인은 우쭐우쭐 하여졌다. 그때까지 한편 구석에 전연 무시해 버렸던 엷고 때묻은 샤쓰 1매의 청년 화가가 벌떡 일어서며,

"선생님 제가 한턱 하지요."

찢어진 창문을 열고 넣어 있던 5, 6병(원문은 本) 비어를 노시인의 행리 앞에 내놓는다.

"L군 수고했소. 마셔도 좋지."

노시인은 실눈을 하고 좋아하였다.

"L군, 나중에 군에게 많은 주정을 할 터이야."

노시인은 L군에게 모델이 되어 있었다. 3, 4일간 서로 시간이 맞지 아니하였고, 오늘은 학생을 만나 좋은 기분으로 모델료 비어를 미리 사서 두는 것이다. 물론 L군은 노시인을 기쁘게 하기 위하여 가지고 왔던 비어를 다 내놓았다.

학생들은 노시인의 권고로 한잔씩 했다. 노시인은 더 놀다 가라고 그들을 붙잡았으나 그들은 간다고 하므로 노시인은 취보(醉步)로 3인을 따라 가도(街道)로 나섰다. L군은 혼자 되었다. 어수선히 늘어놓은 고신문은 거칠었다. L은 마시면서,

---

"……희망에 충만한 청년들이……."

2, 3차 입속으로 되풀이 하다가 다시 자기의 희망이 먼 현재의 불행을 느끼게 되었다.

현숙의 반신(返信)은…… 왜 현숙의 마음을 좀더 일찍이 알지 못하였던고? 그렇지 못해서 그녀의 마음을 물었던 것이다. 그리하여 현숙의 반신은 그같이 저를 번롱(翻弄)하여 보낸 것이 아닌가. 그렇게 생각해 볼 때 그는 결코 그녀에 대하여 노할 수 없었다.

'현숙은 현숙의 편지 쓴 대로 매우 바쁘단다. 그러나 현숙의 세평은 매우 나쁘다.'

그는 아픈 가슴으로 때때로 귀에 들어오는 현숙의 세평에 대하여 안타까워하였다.

노시인과 현숙과 자기 3인이 이같이 한 여관에서 친신(親身)과 같이 생활해 가는 현재가 우연이지만 불편한 적도 있었다. 노시인은 언제든지 술이 취하여 술값이 없으면 며칠이라도 굶었다.

"A가 내게 시를 주었다. 술에 기운을 다 뺏긴 것처럼 말하지만 이렇게 늙어도 피는 아직도 뜨겁다."

50이 넘도록 독신으로 있는 그는 쓸쓸한 표정을 하였다.

현숙은 노시인의 시집을 책점에서 사서 애독한 일이 있으므로 노시인의 신변을 주의하고 돈이 생기면 반드시 술을 사서 부어 권고하므로 적막한 노시인의 생활은 현숙의 호의로 명쾌하게 되었다. 그러므로 따라서 3인의 생활은 한 사람도 떼어 살 수가 없이 되었다. 금년이야말로 L이 선전에 입선되기를 기대하면서 노시인 은 모델이 된 것이다.

"모델 노릇을 누가 하리마는 군에게는 특별히 되지. 그래 매일 술이나 줄 터인가? 내가 훅훅 마시는 것을 그리면 내 기분이 날 것이다."

그리하여 L은 배수의 진을 폈다. 만일 금년에 낙선하면 화필을 던지리라고 생각하였다. 다 읽은 서적과 의복 등을 전당하여 50 호 캔버스와 화구와 또 비어 두 타스를 사가지고 온 것이다. 비어 계절도 아니지마는 비어를 보기만 하여도 기분이 흥분되는 까닭 이었다.

1일에 2시간, 비어 3병, 화제는 'Y노폐 시인(老廢時人)', 그것은 노 시인 자신이 선정한 것이다. 최초 4, 5일간은 규정대로 실행하여 호색이 났다. 노시인은 규정대로 3병을 마시고 나서,

"아, 맛있어라" 하고 밖으로 나갔다. 동숙자 3인 중 언제든지 화 풍(和風)이 부는 현숙은,

"네? 선생님, 나는 바느질도 할 줄 알아요, 선생님 의복이 더러 웠어요."

현숙은 말하면서 더러운 방을 들여다보다가 언덕에 부는 바람 과 같이 L의 옆으로 뛰어들었다. L은 그 매력에 취하여 다시 둥글

둥글 뒹굴었다.

"나는 조금 아까 당신 방을 열어 보았어. 무슨 일기 같은 것을 쓰고 있습디다 그려. 다들 그렇게 생각해 주지, 응? 그래 내가 한 반신이 퍽 재미있었지? 정말은 감정보다 회계(會計), 회계 그것 말이야…… 응 무엇을 생각해…… 연애의 입구는 회계로부터 시작되는 것이 좋아. 참 나는 지금까지 감정으로 들어가 모든 것을 실패해 왔어. 그러므로 당신과 같이 순정스러운 청년에게 대하는 것처럼 어렵고 무서운 것은 없어."

"나는 다만 현숙씨와 동숙하고 있는 것으로 만족하고 있소."

"그러나 L씨, 나는 근일 내로 이 집을 떠나가려 해요."

"……"

"실망하는 표정이구려, 실망해서는 안되오. 나는 많은 눈물을 지었었습니다마는, 실망은 아니했어요. 언제 내가 선생님과 당신에게 좋은 통지를 해 주지. 나는 지금 퍽 재미있는 일을 계획하고 있어요. 나는 또 나가야 하겠어요. 조금 잊어버릴 일이 있어."

한 번 더 현숙은 목에 내린 머리를 거듭 (손질)하고 예쁜 눈을 실눈을 하며 거울 앞에서 몸을 꾸미고 있었다.

"오늘 저녁에 돌아올게."

혼잣말로 하고 대문을 나섰다.

3

익조, 노시인은 일찍 눈이 뜨여 담배를 빨고 있으려니 누구의 발소리가 났다. 여자인 듯하여,

"현숙이요?"

하고 물었다. 그러나 현숙은 대답을 아니하고 자기 방으로 들어갔다.

"또 취했군"

선생은 "무슨 일이 또 있었군." 이렇게 말하며 너무 걱정이 되어 문틈으로 들여다보았다. 선생은 나와 현숙의 방으로 왔다. 현숙은 L이 펴놓아 준 자리에 드러누워 천정을 쳐다보며 말한다.

"선생님, 저도 술 마셔도 좋지요? 어찌 마시고 싶었었는지요······ 네? 선생님 저는 어떻게 하여야 좋아요?"

다 말을 그치지 못하고 옆으로 드러누워 훌쩍훌쩍 운다. 현숙은 작야(昨夜)부터 오늘 아침까지 생긴 불쾌한 일을 잊으려고 하였다. ······화가 K선생은 현숙과 새로 계약한 것을 파약(破約)하였다. 그것도 그녀의 플랜 배후에 4, 5인의 남자를 상상않을 수 없었던 이유였다. 그것보다 돌아온 자기 방에 누가 자리를 펴놓아 준 것이다.

"고맙습니다! 고맙습니다. 선생님, 내 이 눈물을 기억하라고 말씀해 주십쇼."

취하여 괴로운지 외로워서 우는지 노시인은 도무지 알 수 없으나 어떻든 밖으로 나가 세숫대야에 물을 담아다가 현숙의 이마 위에 수건을 축여 얹었다. 현숙은 찬 물이 목에 흐른다고 중얼대며 물을 뿌렸다.

"참, 할 줄 몰라서" 노시인은 무참스러워했다.

그럴 때 L이 들어왔다. 이 기이한 현숙의 취태를 한참 서서 보다가 노시인에게 속살거렸다.

"대가(大家) K선생이 어디서 무슨 일이 생겼대요."

"어쩐지 이상해. K가 그럴는지 몰라, 확실한 것을 알아야 하겠군. 여하튼 타락만은 하지 않도록 해야지."

노시인은 엄숙한 표정으로 현숙을 노려보았다.

그 이튿날 오후 노시인은 L과도 상의치 아니하고 사직동에 있는 K대가 집으로 달려갔다. 노시인은 서서히 말을 꺼내어 현숙의 말을 하였다.

"요즈음 현숙은 매우 변했소. 당신은 여러 가지로 보아 현숙에게 책임감을 가지지 아니하면 안되오. 어젯밤은 늦도록 여기서 술을 마시지 아니했소?"

"아니 당신은 무슨 오해를 하신 양 같소."

뚱뚱하고 점잖은 K는 가른 대머리를 불쾌하게 만지면서,

"그 책임이라고 하는 당신의 의미는 대체 무엇이오?"

"그런 것을 내게 물을 것이오?"

"아무래도 당신은 오해한 것 같소. 그 현숙은 여러 화가와 알아서 모델값 3원, 5원, 10원씩 받는다구요. 나는 전연 모른다고는 할 수 없으나 현숙은 결코 내게만 책임을 지울 것이 아니오. 아니 그렇게 말할 수 없을 것이오."

"그런 변명을 할 것이 아니오. 현숙은 얌전한 여성이오. 그래도 남자이거든 그 여자를 사람다운 길로 인도해 주는 것이 어떻소. 오늘 아침에 돌아오는 현숙을 보니 그리로 하여 타락해진 것이라고 생각이 들던 것이오."

"참 이상한 일이오. 내게는 그런 책임이 없어요. 현숙의 배후에는 여러 남자가 있었는데, 곤란 받을 리도 없어요. 당신은 나만 책하지만 대체 당신에게 그런 권리가 있소?"

"무엇?"

노시인은 두 뺨이 붉어지며 교의에서 벌떡 일어섰다.

"어떻든 가시오. 돈이면……."

K는 약간 때묻은 조끼에서 구겨진 지폐를 꺼냈다. 10원짜리였다.

"요새 당신의 시도 뒤진 것이 되어 잘 팔리지 아니하니까 무엇이

걸러들까 하는 중이구려 흥흥."

이 말을 들은 노시인은 불과 같이 발분하였다. K가 주는 지폐를 찢어서 책상 위에 던지는 동시에 의자 등을 엎어놓고 문밖으로 나왔다. 노시인의 가슴은 뛰었다.

"현숙이뿐 아니라 나까지 모욕한다. 어디 보자, 대가인 체하는 꼴 되지 않게…… 남의 처녀를 농락하는 것만이라도 가만 있을 수가 없어……."

하며 노기등등하여 가까운 술집에 들어가서 4, 5시간 동안 마시었다. 나중에 가도로 나온 노시인은 건드렁건드렁 취하였다. 자기 숙소로 돌아올 때는 벌써 밤 12시가 되어 현숙과 L은 다 각각 잠이 들지 못하여 애를 쓰고 있는 때이었다. 노시인은 다른 사람의 부축을 받아서 숙소 문턱까지 왔으나 그의 얼굴과 머리는 붕대를 하였고 두루마기와 버선은 흙투성이었다. 어느 구렁텅이에 빠진 것을 다행히 건져냈다는 근처 사람의 말이었다. 현숙은 드러누웠던 자리에서 일어나 노시인의 수족을 홈처주고 자리에 끌어다 뉘었다. 그럴 동안 노시인은 반 어물거리는 소리로,

"그놈, 그놈도 별놈 아니었었구나……. 그놈 예술가의 탈을 벗겨든 내가 껍질을 홀랑 벗길 것이다."

그렇게 되풀이하며 저주하는 것을 보고 현숙은 직각적으로 알았다.

'선생은 틀림없이 K선생 집에를 가셨던 (게)구나' 하고 현숙은 불의에 눈물이 돌아 금할 수 없게 되었다. 현숙은 노시인에게 자리옷을 갈아입히면서 눈물을 씻었다. 웬일인지 흙이 눈에 들어갔다. 그것은 노시인의 두루마기 자락에 묻었던 것이다. 현숙은 웃었다.

"무엇이 우스워."

노시인은 무거운 취한 눈을 딱 부릅떴다.

"이것 보셔요. 어느 틈에 선생님의 두루마기 자락으로 눈물을 씻었어요. 이것 좀 보셔요. 이렇게 흙이 묻지 않았어요?"

현숙은 대굴대굴 구르며 웃는다. L도 옆에서 조력(助力)하며 싱글싱글 웃었다.

익조에 현숙은 창백한 얼굴로 얼빠진 것같이 창밖을 내다보고 섰었다. 그럴 때 마침 노시인은 자리옷 입은 채로 들어와서 아버지 같은 어조로,

"가난이란 참 고생스럽지. 개 같은 놈들에게 머리를 숙여야 하고 싫은 것도 하지 않으면 안되지. 그래 일을 생각하여 일찍이 잠이 깨었어. 현숙이도 지금부터는 쓸데없는 남자와 오고가고 해서는 안되어."

힘을 들어 말한다.

"네? 선생님 저는 고로(苦勞)하지 않아요. 엄벙하고 지내요. 그렇지 않으면 살길이 없지 않아요?"

"응 그렇지."

"그러므로 저는 선생님이 생각하고 계시는 것보다 태연해요……. 나라는 여자는 고마운 일이 아니면 울고 싶지 아니해요. 남이 야속하게 한다고 울지 않아요!"

"응, 우리는 가난뱅이들이니까 울고 싶어야 울지. 울게 되면 얼마라도 가슴이 비워지니까!"

그리하여 노시인은 젊은 여성의 마음을 알아주는 것처럼 미소하였다. 한 번 더 아침잠을 자려고 자기 방으로 돌아갔다. 현숙은 많이 잔 끝이라 그대로 화장을 하러 일어나며,

'얼마나 훌륭한 선생인가.'

혼자말로 아니할 수 없었다.

'아무 말도 아니해서 선생들 하는 일이 우스우나 지금 내 생활을 선생이 알 것 같으면…… 나는 쓸데없이 번민하나 선생은 내게 대하여 절망할는지 몰라……'

4

그것은 수일 후 오후이었다.

"선생님!"

현숙은 짐짝을 정리하면서,

"저는 끊임없이 희망을 향하여 열심히 걸어가고 있어요. 그러니까 여기서 나가버리더라도 걱정 마서요. 꼭 수일 내로 축하받을 일이 있으리라고 생각해요."

현숙은 이후에 주소를 알려주마 하고 슬쩍 이사를 해버렸다.

예상한 일이지마는 L은 정말 실망하였다. 노시인은 술만 먹고 들락날락하여 필경 L의 모델로서는 실패하였다.

매일 현숙의 편지를 기다리고 있는 L에게 주소 성명을 쓰지 아니한 두둑한 편지 한 장이 왔다. 뜯어본즉 두 개 봉투가 있다. 한 장은 L의 성명이 써 있고 한 장은 아무 것도 써 있지 않고 지참인 L군이라고 써 있다.

L은 우선 자기에게 온 것을 뜯어 본즉, "현숙에 대한 일로 꼭 한번 대형(大兄)과 만나고 싶소. 현숙은 형이라면 열정적이오. 명일 오후 3시에 표기처(表記處)로 동봉 편지를 가지고……"라고 썼다.

L은 웬 셈인지 몰랐다. 그러나 물론 이 편지 중에는 현숙의 최

근 사정이 숨어 있는 것을 짐작하는 동시에 어쩔 줄을 몰라 익일 오후 3시 전에 지정소로 갔다.

그곳에 가보니 미구에 문이 열렸다. 모르는 남자라고 생각하고 있을 때 앞에 딱 서는 자는 현숙이었다. 아! 깜짝 놀라 양인은 서로 쳐다보고 섰다.

"아? 당신이었소? 누가 여기를 가르쳐 줍디까? 내가 알리지도 아니하였는데, 당신이 여기 오니 웬일이오?"

현숙은 불쾌한 기분으로 말하였다. L은 주소 성명 없는 편지로 인하여 왔다고 변명하려고 한 걸음 나설 때에 현숙은 불현듯 문을 닫아버렸다. 그리하여 L은 급하게 그 이상스러운 편지를 현숙의 앞에 던졌다.

문은 닫혔다. 3, 4분간 문 앞에 멀거니 섰다. 불의에 현숙을 이곳에서 만난 것, 현숙이 대단히 노한 것, 웬 셈인지 몰랐다……. 대체 이게 웬일일까…… 현숙은 무슨 오해를 하는 모양, 그렇지 않으면 너무 우정을 무시하는 걸……. 한 번 더 문을 두드려 보고 비난을 해 보려고 하였으나 그는 힘없이 돌아가려고 들떠섰다. 그럴 때 뒤에서

"기다리서요! L씨." 부른다.

L은 뒤를 돌아보지 않았다. 쫓아온 현숙은 L의 손을 붙잡고 방으로 들어갔다.

"여보서요. L씨, 나는 꼭 세시에 만나자는 사람이 있어서 당신과 이야기할 시간이 없었어요. 그랬더니 알고 보니 그 사람이 당신을 대신 보낸 것이에요. 자 어서 들어오십쇼. 내가 이야기할 것이 많아요."

그리하여 L은 현숙에게 재촉을 받으며 들어섰다. 단칸방에 세간이 놓여 있는 까닭인지 매우 좁아 보였다. 남창에 비치는 여름 기분이 찼다. 현숙은 붉은 저고리에 깜장 치마를 입고 앉아 L을 옆으로 오라고 하였다. 그 옆에는 등(藤)의자가 놓여 있었다.

"여기는 내 침실 겸 서재이에요, 어때요. 조용하고 좋지요? ……아무라도 이 방에 부르는 것은 아니에요."

L은 전등을 켜면서 한 번 실내를 휘 둘러보았다. 노시인의 옆방과 달라 여기는 밝고 정하였다. 보기좋은 경대가 하나 놓여 있어 거울이 가재(家財)처럼 비치고 있고 대소의 화장병이 정돈하여 있다. L은 어쩐지 이것을 볼 때 기분이 좋지 못하였다.

"여보서요. 내가 이 편지를 보고 알았어요. 나는 당신이 간 줄 알고 뛰어나갔어요. 참 잘되었어, 당신이 대신 와서. 이 편지가 당신에게 갔었대지? 이 사람은 벌써 나하고 절교한 사람이에요. 이 편지를 좀 읽어 보아요 네?"

현숙은 L이 던져준 편지를 그에게 억지로 보였다. 3, 4매의 편지는 꾸겨졌다. 현숙이 불끈 쥐어 꾸긴 것 같았다.

나의 현숙 씨!

나는 별안간 영남 지방을 가지 않으면 아니되게 됐어요. 때때로 상경하지요. 그러나 지금까지 두 사람 사이에 지내던 재미스러운 것은 못하게 되었소. 더구나 명일 오후 3시에도 가지 못하게 되어 섭섭해요.

그러나 나는 생각하였어요. 현숙 씨이 좋아하는 청년, 사랑하는 청년 L을 생각했습니다. 당신은 L을 사랑하면서 당신은 당신의 현재 생활에서 그와 접근하는 것을 피하고 있소. 그리하여 나는 현숙 씨와 L군 사이를 가까이 해 놓으려고 생각했어요.

현숙 씨!

이만한 권리는 당연히 L에게 있지 않소. L은 당신을 일로부터 영원히 소유할 수 있는 이것이 L의 기득권이에요. 이 기득권을 실행하려는 것이에요. 분명히 현숙 씨는 손뼉을 치며 L의 권리를 기뻐해 줄 것이오. 당신도 사람일 것 같으면 이것이 마음에 맞으리라고 상상하고 마음으로부터 미소를 띄우게 되었소.

현숙 씨! 이 편지는 그 의미로 내가 가지고 온 것이오. 나는 지금 두 사람을 위하여 만강(滿腔)의 축복을 다하오. 브라보! 브라보!

현숙은 창 앞에서 편지를 읽는 L의 옆에 섰었다. 그 점화(點火)한 강한 눈은 문자를 통하여 있는 L의 눈을 멀거니 기대하고 있다. L의 검고 신선한 눈이 일기 경사면(一氣傾斜面)을 쏘이는 쾌적한 순간을 생각키어 현숙에게 쇄도하였다.

두 사람은 포옹하였다. 벌써 전부터 계기가 예약한 것 같이.

"네? 언제 내가 말한 회계의 입구가 이렇게 속히 우리 두 사람을 행복하게 해 줄 줄은 상상도 못했어요. 우리 둘의 감정은 벌써 충분히 준비되었던 것인데! 그러니까 우리는 지금이야말로 어떻게 감정 과다라도 관계치 않아요. L씨, 나는 인제 L씨라고 부르지 않겠어요. 그 대신 브라보를 불러드리지요. 브라보 브라보!"

그런데 L의 인후(咽喉)에는 무슨 큰 뭉텅이가 걸려 있었다. 지금까지 알 수 없는 환희였다. 그는 지금 그것을 삼켜버릴 수밖에 없다.

"그리고 당신은 오후 3시에 여기 와주셔요! 언제든지 열쇠는 주인집에 맡겨둘 터이니. 우리 둘이 여기서 살 수는 없어요. 당신은 잘 노선생을 위로해 드리세요. 네? 우리가 이렇게 된 것을 당분간 선생에게는 이야기 아니하는 것이 좋아요. 우리 둘은 반 년간 비밀 관계를 가져요. 반 년 후 신계약에 대해서는 다시 생각할 필요가 있어요. 그것은 우선 우리가 미리 준비할 필요가 있어요."

"그렇게 말하면 우습지."

L은 쓸쓸한 환희에 떨며 미소하였다.

"그런 일은 물론 미리 준비할 필요가 없어요."

현숙은 두 팔을 벌려 뜨거운 손을 L에게 향하여 용감히 내밀었다.

원한(怨恨)

리씨는 그 몸 부처 잇난 집 윗방 냉골에서 옷 입은 채로 이불한 긋덥고 곤하게 잠이 드럿다. 「으흥! 아이구 아구……」하고 압흔 다리를 쑥 쌧고 두 팔을 놉히 들어 기지개를 힘썻으며 도리켜 두러눈다. 그의 이는 보드득보드득갈고 이를 암을어 「그놈, 으흥으흥」하며 한숨을 쌍이 쩌져라하고 내쉰다. 엽헤 누엇 든 사람이 쌈싹 놀나 도라다 보건대 그난 별노 잠이 쌔워 보이지도 안코 무슨 철천의 한을 품어 부지불각 중에 나오난 소리 갓햇다.

리씨는 본래 부자집 무남독녀로 태워낫섯다. 하인과 유모의 손긋헤서 추으면 더웁게 더울 쌔면 서늘하게 쌔긋하고 고은 옷과 맛잇고 정한 음식으로 쥐면 쩌질가 불면 날가하게 애지중지 기러낫섯다. 겸하야 인물이 어엽부고 태도가 아당스러움으로 부모의 사랑은 물론이오 지나가는 사람이라도 귀애하지 안는 이가 업섯다. 이리하야 세월이 갈사록 한 살 두 살 느러가난 거시 부모의 오직 깃버하난 꼿 봉오리엿섯다. 그러나 열 살이 넘어스니 새삼스럽

영원한 신여성
나혜석 작품집

게 이거시 아들이 엿더라면 하난 섭섭한 생각이 나나리 더하여 가고 차차 남의 집으로 보낼 걱정도 생겨낫다.

리판서와 죽마교의로 지내오난 김승지에게난 오직 아들 하나쑨이잇엇다. 어느 날 리판서집 사랑에서 두 사람 사이에 술잔을 난호면서 두 사람의 친교를 후손까지 전하랴면 피차에 사돈을 삼난 거시 조켓다난 우연한 말씃이 급기 열한 살 먹은 김랑철수와 열다섯 살 먹은 리소져 사이에 백년언약을 맺게 되엿섯다.

리씨의 시집은 친정에 못지 안은 부자집이오 가품조흔 집이엿섯다. 그리하야 쌀 겸 며누리 겸 귀애하시난 시부모님 시하에서 어려운 것 모르게 철 업시 사오년을 지내난 중에 첫 아들을 낫케 되엿섯다. 외아들에서 나온 첫 손자라난 경사러움은 시집 친정의 친척되난 사람으로난 깃버 아니 하난 사람이 업섯다.

철수는 아직도 철이 나랴면 멀엇섯다. 마지 못하야 다니든 글방에도가지 아니하고 틈틈이 넌날리러 다니기, 돈 치러 다니난 거스로 종사를 삼엇다. 그리하야 온다간단 말 업시 나가버리면 멋칠만에 번쩍 보이고 쏘다시 나가 버렷다. 그리한 뒤난 뒤짜라서 술갑 기생갑 노름갑 멋 십원 멋 백원식 빗 밧으러 오난 거시엇섯다. 김승지난 「사내자식이 난봉도 부려야지 심이 터지지」하고 처음에난 아모 말 업시 잘 무러주엇섯다. 그러나 가산이 점점 기우러져 인제난 추수도 겨오 일 년 계량이 될낙말낙하고 집안 살림이 군색

해지니 점점 싸증이 나기 시작되엿다. 이짜금 아들을 불너다노코 타일너도 보앗다. 그리다가 회차리로나 몽둥이로나 닥치난대로 쑤듸렷다. 분이 쏙지에 나서 곳 죽일드시 날쒸엿다. 철수는 압흐기도 하려니와 자기의 잘못한거슬 피하기 위한 핑게로 「아이구아이구」 엄살을 해가며 엉엉 울엇섯다. 리씨의 마음은 이런 일을 당할 쌔마다 한심스럽다난 것보다 무섭고 썰니엿다. 거는 방에서 우는 소리를 드르며 덜덜 썰고 섯섯다. 그리고 왼심인지 모르난 눈물이 「아이구아이구」 하난 소래가 들닐 쌔마다 쑥쑥 쌔젓다. 「인제 그만 쌔리섯스면」 하난 마음까지 낫섯다. 가삼 속이 씨르르 할 쌔도 잇섯다. 그러나 남편에게 대하야 한 번도 그러케 난봉 부리지 말나고 권고해 본 적은 업섯다. 간절이 말여 볼 생각도 업지 안아 잇섯스나 날마다 성화 가치 날쒸시난 아버지의 말삼도 아니 듯난 사람이 자긔와 갓혼 녀자의 말을 드를가 십지 아니 하엿섯다. 그 눈이 벌거케 상긔가 되고 들써서 씨근씨근하난 양이 성한 사람 갓지도 아니 햇다. 엽헤 갓가이 가기도 셤억셤억하고 무어시라지나 아니 할가 하야 눈치만 셜셜 보엿섯다. 주색방탕은 나나리 더하야갈 쓴이오 회심할 아모 여망이 뵈이지 아니 하엿섯다. 리씨가 시집올 쌔 레물 밧은 패물 등속도 어느 틈에 싀내다가 잡혀먹어 업샛다. 쌍쌍이 노혓든 화류의거리, 화류장, 비단금침은 모조리 두 번 집행에 다 쌧겨버리고 방 구석에 오직 칙상자 두어 개가

노어잇슬 쑨이엿섯다. 아해를 씨고 누어서 방 울묵을 올여다 볼
째면 넘어 처량스러워 하염업난 눈물이 옷깃을 적시우게 되엿섯
다. 문득 속곱동모 중에 장씨가 부러워것다. 장씨의 살림은 겨오
사러가지만 그의 남편은 퍽 착실한 사람이다. 산애라도 알쓸살
쓸이 살림사리를 잘 보살피고 부인을 위하고 아해들을 귀애해서
집안이 늘 회평하다난 말을 자조자조 그 엽집 마누라에게 드러왓
다. 엇던 사람은 그러케 복을 잘 타고나서 팔자가 그리 조흘고 하
난 생각에 견델 수 업섯다. 리씨난 오직 남편의 나이가 어서 속히
삼십이 훨신 넘어 오기를 바랏다. 설마 나히가 차면 셰음이 나지
아니 하랴하는 거시 리씨부인 스스로 위로를 밧난 한 희망거리엿
섯다.

   어느 날 오정쯤 되엿슬 째엿섯다. 허수룩한 막버리군 하나가 안
으로 툭 튀어 드러 오면서 「여보십쇼. 이 댁이 승지 댁이지요 져거
시키 져 — 이 댁 서방님이 져져져져긔서 긔절을 하셧서요. 그래
서 지금 야단법석이람니다」 하고 말끗을 채 암을을새 업시 황급
해한다. 이째 마침 주인 마님은 아들이 어제 저녁에 아버지에게
매를 맛고 밥도 먹지 안코 나간 생각을 하고 치마쓴으로 눈물을
씻고 안젓든 째이엿섯다. 씃밧게 일이라 넘어 놀나서 「으응, 그게
누군가 그게 무슨 소리야」 하며 허둥지둥 마당싸지 쮜어나려왓

다. 리씨난 남편의 두루막이를 하고 안젓다가 깜짝 놀낫다. 이러설 수도 업시 압히 캉캄할 샌이엿섯다. 김승지난 밧게 나갓다가 마침것 드러오며 윈세음인 줄 몰라 눈이 둥글애젓다. 하인들은 모다 얼 쌔진 사람들가치 기둥 하나식 붓들고서서 덜덜 썰고 잇섯다. 김승지난 즉시 머섬마가와 엽집 김서방을 분부하야 와서 일너주든 자를 짜라가서 데려오도록 명하엿섯다. 그리고 김승지도 뒤를 짜랏섯다. 어듸로 어듸로 이골목 저골목 지나가더니 조고마하고 한편으로 비스듬한 널판 대문 압헤 이르러서 그 자난 안으로 드러시면서 「여긔올시다」 한다. 김승지난 드러가기를 주져하다가 문패를 본 즉 기둥 한 구석에 「정도홍」 이라고 써잇난 거슬 보자 곳 드러섯섯다. 「이놈이 긔어히 기생년 무릅에서 되엿군」 하난 분한 마암이 치바처 올나왓섯다.

철수난 어둡킁컴한 방구석에 다 바래진 자주 오복수 보료 우에 두 다리를 쑥 쌧고 인사불성으로 두러누어 잇섯다. 기생 서너슨 팔다리를 주무르고 잇다가 김승지 드러오넌 거슬 보고 인사 차려 이러시난 자도 잇고 일부러 질펀이 안져서 공연히 여긔저긔 쓱쓱 눌느고 잇스면서 가장 걱정스러은 빗이 보이난 자도 잇섯다. 김승지난 서잇난 채로 내려다보며 아모 말이 업섯다. 그리고 「그럴 줄 알앗다」 하난 모양 갓햇섯다. 그난 마가를 불너서 서방님을 업어 뫼시라 하고 뒤골목으로 가라고 타일넛섯다.

철수의 병명은 주체이엿섯다. 본래 동이 슬을 먹난 데다가 어제 밤에 쏙 잇셔야만 할 돈 이십 원도 못 엇고 매만 죽도록 마진 거시 골이나서 그 길노 도홍이 집으로 쮜어가 외상 슬을 드려다가 한참 먹든 중이엿섯다. 잔득 취해서 잠간 씨러젓더니 별안간 입으로 게거품을 흘니고 외마듸 소리를 지르더니 눈을 하야케 뒤집어 쓰고 입김이 싸늘해지며 사지가 쌧쌧해젓섯다. 지금까지 즉자 사자허허대며 놀고 잇든 기생들의 간담을 서늘허게 해주엇섯다.

깃부고 자미스러운 적은 한 번 업섯고 슯흐고 걱정되난 일만 당하난 자난 오직 리씨 쑨이엿섯다. 사지가 번듯하엿든 그 남편이 왼 몸을 남의 손에 맥겨 이리저리 옴겨놋난 거슬 볼째 굼창이 매여지난듯 기가 막혓섯다. 의사에게 진맥을 해 본즉 술에 중독이 되엇다고 하엿섯다. 주사 멧대를 맛고 나서는 숨결이 순해지고 응응 알는 소리를 하게 되엿섯다. 이와 갓치 날듯날듯하다가도 더해 지고 더햇다가도 틀여지난 째도 잇섯다. 왼 집안식구의 마음은 간질간질하고 안타가웟섯다. 그난 째업시 하혈을 심히 하엿섯다. 짜라서 몸은 점점 수척해지고 병색은 골수에 박혀저갓다. 리씨난 소사오르난 정성으로 한결갓치 간호를 하엿섯다. 그러나 매몰하개도 만약이 효험이 업섯다. 긴병은 삼년 간을 쓰러 급기 십구 세 되든 동지쌀에 곳다온 청춘을 바리고 황천객이 되고 마랏섯다.

리씨의 나이난 스물 세 살이엿섯다. 한참 피여잇난 쏫이엿섯다.

너플너플 피여잇난 모란꼿 우에 째아닌 서리가 내렷섯다. 리씨는 아직도 셔러운 거시 무어 신지를 몰낫섯다. 다만 병드러 누어잇든 남편이 방에 누어잇난 듯십고 어느 째면 자긔 방에 드러가기가 선쓱선쓱 하엿섯다. 그리고 남들이 모다 소복한 자긔 몸을 치어다 보난듯 십허 붓그러웟섯다. 한가한 째 곰곰이 전사를 생각해 보면 남편이 그립다난 것보다 자긔 마음 고생하든 거슬 생각하야 눈물이 쓱쓱 써러젓섯다. 자긔를 보난 사람마다 불상하다 앗갑다하나 왼 영문인지 되물엇다. 오직 머리를 어대다가 몹시 부듸치고 난 즛 갓했섯다.

획획 지나가는 세월은 어느듯 삼년상도 지나갓다. 리씨의 마음은 차차 적막함을 늣기게 되엿섯다. 비누질을 하다가도 획 제쳐노코 먼 산을 바라보기도 하엿섯다. 시름 업시 군소리를 하다가 신세를 생각하고 남 모르난 을음도 만히 우럿섯다. 김승지 내외는 무슨 못할 지시나 한 것 갓치 과부 며누리를 볼 낫이 업고 불상하기 싹이 업섯다. 그리하야 리씨에 행동에난 별노 간섭지를 아니하고 일절 자유롭게 내여버러 두엇섯다. 이런 태도가 과부며느리를 위로하난대 상책인 줄 알엇슴이엿섯다. 리씨난 외로움에 못익일 째마다 친정에를 갓섯다. 친정에를 가도 별로 위로 밧을만한 일은 업섯다. 다만 친정을 간다난 거슨 한 핑개거리엿섯다. 대문을 나서면 시원한 바람 쏘이난 것만 해도 살 듯 십헛섯다. 사람 구경만 해도 마음이 위로가 되난 듯 십헛섯다. 이와 갓치 한 두 번 나가본 거시 인제난 집안에 조고마한 불평만 잇서도 무슨 큰 째부림갓치 흘적 나와서는 전에 알지 못하든 먼 척일가짜지 차자서 아주머니 형님하며 이말 저말노 해를 보내난 일이 만핫섯다. 그러나 아모도 리씨의 행동을 간섭할 사람은 업섯다.

김승지집 마즌편 집은 김승지와 친교가 잇난 박참판의 집이엿섯다. 박참판은 일즉이 여러 벼슬도 지냇거니와 자수성가로 상당한 재산가이엿다. 부호가중에 의레 잇는 일이라 별로 이상스러울 일은 아니지마는 그는 지금 나이가 김승지와 동갑년으로 오십사셰지마난 아직도 풍채가 늠늠하고 어대인지 모르게 씌난 힘이 잇섯다. 손녀버러나 되난 첩을 둘식 치가를 해 노코도 젊은 녀자가 눈에만 째우면 속이 씨러서 걸근걸근 하난 자이엿다. 어느 날 그난 둘재 첩의 집을 가노라고 문을 나서자 마즌편 김승지 집에서 어느 소복한 젊은 부인이 나오난 거슬 보앗섯다. 그 입부지도 밉지도 안은 숭글숭글하고 빗갈 흰 얼골과 아름다운 태도가 눈에 씌이자 눈압히 황홀해젓섯다. 리씨의 뒤로 슬근슬근갈 째에 가삼에 서난 맛방맹이질을 하고 불갓흔 욕심이 턱 밋까지 쌧처 을낫섯다. 만일 호젓한 길이엿든들 그 벌벌 썰니난 두 손으로 리씨의 뒤를

반작 안아서 두루맥 이 속에 폭 싸 가지고 가서 자긔 욕심을 흥 껏 채웟슬 거시다. 그러나 길 전후 좌우에난 슨일 새 업시 인적 이 빈번하엿섯다. 멀니서서 리씨의 드러가는 집까지 알고 도리스 난 그의 가삼은 아직도 쮜엿섯다. 다만 굼금한 거슨 그 부인이 김 승지 집에 나듸리왓든 져집 부인인가 혹은 김승지집 과부 며누리 가 안인가 확실한 거슬 알길이 전혀 업섯다.

그 후 어느 날 박참판은 자긔 마누라에게 우연한 말긋에 김승 지집 과부 며누리난 아모리 보아도 소년 과부될 흠점이 업슬만치 인물과 태도가 구비하다는 그 모습을 드를 쌔 속으로 「그러면 그 녀인은 압집 과부 며누리로구나」 하고 깃버하고 안심을 엇엇섯다. 그래도 미심하야 그난 쌔업시 담배 대를 물고 밧겻 마당에서 서승 거리면서 압집 문을 주의하야 보고 잇섯다. 그러든 중에 어느 날 과연 전날과 갓흔 소복한 젊은 녀자가 그 집 대문으로 나왓다. 그 난 마음으로 「올타 인제난 되엿다」 그리고 유심이 리씨를 아래위 로 휘내려 보앗섯다. 이러케 직혀 보기를 이삼차 하엿섯다. 리씨 난 두 번 째까지 몰낫섯다. 세 번 째난 하도 수상해서 한 번 무심 히 치어다 보앗섯다. 그난 이거슬 조흔 긔회로 알고 이상스러운 눈우슴을 약간 쳐서 무슨 야심을 표하엿섯다. 리씨는 가삼이 쓰 굼하엿섯다. 그리고 두군두군 하엿섯다. 그후 몃칠을 두고 마음이 괴로웟섯다. 임자 엄난 물건갓치 다 자긔를 업수히 넉이난 것 갓하야 심히 분하고 서러웟섯다. 그러나 공연히 그 눈우슴치든 거시 생각이 나고 쏘 생각이 나서 자긔 마음을 꾸짓고 욕해도 쏘 나고 쏘 나고 하엿다. 인제난 밧게를 도모지 나가지 아니 하리라 하고 결심을 하엿다. 그러나 어느 듯 발길이 대문에 나설 째는 가삼이 두군두군 하고 먼저 압집 문압부터 보엿섯다. 그날은 그곳에 그가 보이지 아니 하엿섯다. 퍽 다행하게 생각하엿섯다. 그러나 뒤에서 짐실은 구루마군이 「여보여보」 소리를 지를 째까지 모로도록 속은 텅 비인 산송장의 거름을 정처업시 것고 잇섯다.

그해 팔월 열나흔날 밤이엿섯다. 자정이 되도록 안방에서 송편을 빗고 자긔 방으로 도라왓다. 어린 것 하나난 천사와 갓치 쌕쌕 자고 잇스나 새삼스럽게 방이 쓸쓸하엿섯다. 가을달은 유리갓치 말게 유난스럽게도 밝앗섯다. 서늘한 바람이 잇싸금 지나갈 째마다 나무 입희 날니난 소리가 만물이 잠들어 고요한 밤을 헷치고 들녀 드러왓섯다. 리씨난 수심에 싸혀서 퉁명스럽게 불을 탁 쓰고 쌀쌀한 방 구석에 두러누엇스랴니 무정하게도 달은 빗치어 심회를 도왓다. 그대로 목을 노아 실컷 우러도 시원치 안을 듯 십헛섯다. 그리하야 이리 뒤척 저리 뒤척 돌아누으며 이것져것 씃일 새 업시 지내간 일을 생각하다가 보배로운 잠의 신은 리씨로 하여곰 깁흔 쑴 속에 쏙쏙 느허주엇섯다.

리씨난 쑴인지 생시인지 모르게 누가 자긔 몸이 부서져라 하고 쏙 끼여 안난거슬 희미하게 알앗셧다. 리씨 자신도 몸을 소스라처 그 누인지 모르난 이에게 푹 읭컷셧다. 그리고 몸을 부르르 써럿셧다. 그리하자 누구의 손이 자긔 가삼으로 올 째 비로소 완연히 숨이 아닌 거슬 리씨난 깜짝 놀나 벌쩍 이러 안젓셧다. 그 압헤 어느 남자가 천연스럽게 안져잇난 거시 달빗에 완연히 보엿셧다. 리씨난 부지불각중에 「아 —」 하고 외마듸를 첫다. 그러나 그 목소리난 안방에 들닐만치 크지가 못하엿셧고 조심하난 소리갓흔 적은소리이엿셧다. 그자난 여전히 태연하게 안져서 눈우숨을 치면서 리씨를 살살 달내엿셧다. 지금 그대가 악을 써서 왼 집안에 알닌다 하더라도 그 누명은 별 수 없이 뒤집어 씰거시니 가만히 잇서서 내 말을 드르라고 하며 자긔난 압집 사난 박참판인대 한 번 그대를 본 후로난 곳 미칠 듯하게 성병이 되다시피하야 오날 밤에도 견대다 못해서 월담을 해왓스니 나를 살여주지 안으면 너를 가만히 두지 안켓스니 그리 아러차리라 하고 위협을 하엿셧다. 리씨난 아모 말도 못하고 그물 안에 새와 가치 한 편 구석에 쫑그리고 안져 벌벌 썰엇다. 과연 엇지 하면 조흘가 악을 쓰자니 하인 쇼슬에 남이 붓그러올 거시오 이 문을 열고 다라나자니 저자가 붓잡을 거시오 엇지할 줄 몰나 쩔쩔 매엿셧다. 그 자가 손목을 붓잡을 째 손목을 싹르치고 뎀벼드를 째에 몸을 피할 쑨이엿셧다. 그 중에도 누가 유리로 듸려다 볼가보아 흘김흘김 유리편만 보이고 누구의 발자최가 잇난 듯 들니난듯 죠마죠마 하엿섯다. 그리하야 누구나 드를가보아 말 한 마대 못하고 이리저리 몸만 피하고 손만 쌕르치면 감히 자긔를 못 익어낼 줄만 알앗섯다. 그러나 그자난 임의 사생을 불고하고 결심한 일이오 금수와 갓흔 욕심이 더 발하지 못할만치 달하엿섯다. 간반 방에서 요리조리 피하난 조고마한 녀자 하나를 제 손에 느어 제 맘대로 하기에난 넘으 익숙하엿고 넘으나 쉬운 일이엿섯다.

남은 밤을 쓴눈으로 새고 아침에 일즉이 이러낫다. 리씨의 눈에난 몬저 붉게 써오르는 아침 해볏이 무섭게 보엿섯다. 그러고 사람들의 두 눈이 유달니 크고 밝어 보엿섯다. 그 눈으로 모다 자긔의 몸을 유심히들 보난 것 갓햇섯다. 무슨 큰 죄를 지은 죄인이 순검의 창검 쇼리를 드를 째 몸이 소스라칠 듯한 것과 일반이엿섯다. 마치 쑴 속에서 사난 것 갓고 헷몸만된 것 갓치 이상스러윗섯다. 그리다가도 쌈싹쌈싹 놀나질 째마다 자긔 몸에 무슨 큰 부스럼험질이나 생기난 듯하게 근질근질도 하고 더러운 몸을 싹가낼 수만 잇스면 싹가내고도 십헛섯다. 그자를 무러쯧고 느려져보고도 십헛섯다. 이갓치 형형색색으로 써오르난 가삼을 안고 멧칠 동안 조혀 지냇섯다 그런 중에 집안사람의 태도난 별노 변하여 보이지 안은 거슬 볼 째 큰 숨을 쉬어 안심하엿섯다. 큰 짐이나 젓다가 내려놋난 것 갓햇섯다. 그러나 리씨의 머리에난 이상하게도 그날 밤 인상을 이즐 수 업셧다. 그 싸듯한 손 그 다정한 눈 생각할사록 눈압헤 쭉쭉히 나타나서 보엿섯다. 그러나 「하라버지갓흔 사람허구……」 하난 생각이 날 째난 심한 모욕을 당한 것 갓하야 심히 분하고 스사로 붓그러웟섯다.

어느 날 져녁에 김승지난 져녁상을 물니고 바둑을 두러 박참판 집으로 갓다. 사랑에를 쑥 드러시자 섭뜰에 녀자의 신 한 켜래가 노혀 잇난 거슬보앗다. 이 집에난 무시로 동리기생들이 놀너오난 거슬 아는 김승지난 별노 이상히도 역이지 안코 무심히 사랑방 문을 열면서 주인을 차잣섯다. 한 발을 문지방 안에 듸려노차 「악……」 하고 고함을 질넛다. 뒤로 멈칫하엿다 곳 도라서 나왓다. 세상에 이런 변이 쏘 어대 잇스랴! 이게 왼일랴 — 철셕갓치 밋고 알뜰이도 불상히 녁이고 귀애하든 자긔 과부 며느리가 박참판의 무릅 우에 안젓다가 황급히 내려 안즈며 엇절 줄을 몰나 쩔쩔 매엿섯다. 김승지는 그래도 자긔 눈을 의심하엿섯다. 그 사실을 밋지 아니랴고 하엿섯다. 쑴인가 하야 눈을 부벼도 보고머리를 흔들어도 보앗섯다. 곳 자긔 집으로 가서 「거는방 아가」 하고 불넛다. 마누라의 말이 져녁 먹고 졔 친정에 간다고 나갓다고 하엿섯다. 김승지는 다시 나와 멀니 서서 거동을 살피고 잇섯다. 한 삼십 분씀 되여서 과연 박참판 집으로부터 소복한 녀자가 나오더니 압 뒤를 흘김흘김 보며 자긔집 으로 드러가난 거슬 보니 정신이 앗

쓱하어젓다. 아니 밋을나야 아니 밋을 수가 업시 되엿셧다.

김승지난 그날붓터 몸이 불편하다하고 사랑에 누어서 미움만 먹고 일절 안출입을 하지 아니하엿셧다. 웬 싸닭인지를 아난 사람은 집안식구 중에 오직 한 사람이 잇슬 쑨이엿셧다.

리씨난 그날 밤에 과연 친정에 가랴고 나셧든 길이엿셧다. 문싼을 니선즉 마침 대령이나 히고 셧든 것 갓치 박참판이 쌉싹 놀나 반가워하며 익숙하게 손목을 잡아 자긔 사랑에까지 쓸고 드러간 거시엿다. 박참판이 한씻 밋처서 사람오난 소리도 듯지 못할만치 날뛜 째에 천만의외에 김승지 눈압해 비밀이 탄노된 거시엿셧다. 친구간에 그 며느리를 쇠여낸 것 갓하야 실노 면목이 업셧다. 그러나 일편으로 생각하면 하로라도 속히 탄노된 거시 오히려 다행하엿셧다. 그리지 아니해도 리씨를 늘 엽헤 안처노코 보랴면 엇지 하여야 할가 하난 궁리쑨이엿셧다. 그리하야 그 순순이 말을 듯지 안튼 리씨가 별안간 자긔 가삼에 앵키면서 「영감」 하고 우슬 째 무한히 깃벗셧다. 「오냐 우지마라 오날붓터 가지 말고 나하고 잇스면 고만 아니냐」 할 째에 그 잔인한 성품 중에난 「그러면 그러치 너도 결국 내 거시 되고마난고나」 하난 의긔양양한 자존심이 써올낫셧다. 리씨가 도라갈냐고 할 째에 긔어히 못잡엇셧다. 붓들다가 그난 붓들 필요가 업난 거슬 알앗다. 인제 제가 갈 곳 업스니 내게밧게 올 째가 어대 잇스랴 함이엿셧다.

김승지의 분한 생각으로 하면 박가를 유혹죄로 모라 큰 망신을 식히고 며누리를 곳 쫏차버리고 십헛섯다. 그러나 위선 자긔 행세와 체면이 압홀 막고 양반의 집 가문도 생각 아니 할 수 업섯다. 오직 쉉쉉참고 다만 양미간에 수심이 써날 째가 업슬 짜름이엿섯다.

　오직 이 비밀만은 세 사람만 알고 쥐도 몰을 줄 알앗스며 세 사람 중에 한 사람도 입밧게 낸 일이 업섯다. 그러나 이상하다 어느덧 한 입건너 두 입 건너 김승지 마누라가 알앗고 박참판 마누라가 알앗스며 두 집 하인들이 알게 되고 원동리에 이야기 거리가 되고 마럿것다. 리씨난 인졔 김승지 집에 더 잇슬 염치가 업게 되엿섯다. 더구나 친정 부모난 죽인다고 날쮜니 넓은 세상에 발듸딜 곳이 업게 되엿섯다. 자살도 복에 못닷난 모양갓햇섯다. 그도 져도 못하고 헐수 할수 업시 아비업시 길느든 자식을 뎰치고 박참판 집으로 머리를 숙이고 드러가지 아닐 수 업게 되엿섯다.

　리씨는 박참판의 셋재첩이 되엿다. 그러나 기실 몟재나 될난지 몰낫섯다. 엇재쓴 일시난 제일 총애를 밧난 첩으로 압흘 써나지 못하게 하엿섯다. 그러나 팔자 긔박한 리씨난 이 사랑이나마 오래동안 밧지 못할 운명에 잇섯다 밤낫 사랑에만 파뭇처잇든 박참판은 두 달이 다 못 되어서 출입이 심하여젓다. 어느 날 리씨난 안으로 듸려보내고 양머리 한 녀학생 비슷한 거슬 데려다가 리씨와

갓치 압흘 써나지안케 하엿다. 그 녀자도 리씨와 갓치 이십 오 륙
세 될낙말낙한 어엽분 녀자이엿섯다 리씨는 그 녀자가 자긔 자리
에 드러안는 거슬 볼 쌔 분하고 질투하는 것보다 그 녀자가 불상
히 보이고 그 녀자의 압길이 환하게 보이난 듯 가련하엿섯다. 그리
고 무슨 긔회만 잇스면 일너 주기라도 하고 십헛섯다.

   리씨는 큰마누라의 몸종과 갓치 되엿다. 쌔업시 풍병으로 쑤시
난 다리 팔을 주물느기, 담베붓처다가 대령하기, 세수물 써다 밧
치기, 밤들도록 이야기책 보아들니기, 다듬이질하기, 바누질하기,
일시 반시도 놀니지 안코 알쓸살쑬이 부려 먹엇다. 리씨가 슨 칠
년 동안이나 시집사리를 해 왓서도 이러케 학대를 밧고 어려운 일
해보기난 처음이엿섯다. 그러나 누구를 원망하랴 다 내 잘못이다
하고 쑥쑥 참아왓다. 아모러케 해서라도 박씨집 귀신이 되리라하
고 결심하엿섯다. 그러난 중에 가진 학대를 다 밧아왓다. 더구나
조곰 잘못하면 큰 마누라가 「이년 그릴냐거든 나가거라」 하며 손
을 드러쌔리랴고 할 쌔에난 곳 눈에서 불이 날뜻 하엿섯다. 사람
으로서는 참아 못 당할 모욕이엿섯다. 악에 밧친 리씨난 잔쑥 앙
심을 먹엇섯다. 그리고 싼 결심을 하엿섯다.
   리씨는 일 년 만에 박참판 집을 나섯다. 그 소슬대문에 침을 배
앗텃다. 욕을 하고 눈을 흘기고 주먹질을 하엿다. 그래도 아모 시

원할 거시 업섯다. 저 지옥굴은 면하엿스나 장차 어대로 향할가 할 째 지금까지 쓴 경험을 해 오든 즁에 업든 형용치 못할 서름이 스러올나와 금치 못할 눈물이 오류월 소낙비 쏘다지 듯 하엿섯다.

양반의 집 가문을 흐렷다는 리씨난 과연 용납할 곳이 업섯다. 원통하게도 첩의 누명을 썻섯스나 손 매듸가 굴거젓슬 쑨이고 알쓸이도 쌜간 몸 쑨이엿섯다. 아직도 삼십이 못된 녀자가 길을 헤매며 흙흙늣겨 우럿다.

리씨는 장변으로 오십원을 엇어 그거슬 미천삼아 장사를 시작하엿다. 한광우리 쌀 팔고 한광우리 팟 팔고 한광우리 콩 팔아 포갬포갬 포개언져 머리가 옴처지도록 뒤집어 이고 이 곳 져 곳서 열나난 장을 차자다니며 일 젼 이젼의 리를 바라고 추은날 더운날 무릅쓰고 「싸구려싸구려」 외치고 다닌다. 오날도 왕복 류십리 장에를 거러갓다 와서 식은 밥 한슬 엇어먹고 울묵 냉골에서 쓰린 잠이 곤하게 드럿다. 「아이고아이고 다리야 다리야 으흥……그놈」

규원(閨怨)

째는 정히 五月(오월) 中旬(중순)이라 비 온 뒤싯은 아직도 쌔끗지 못하야 검은 구롬발이 삼각산(三角山) 봉오리를 뒤덥허 돌고 긔운차게 서서 흔들기조와하든 폽풀라도 입새하나 움작이지 안코 조용히 서 잇슬만치 그러케 바람 한졈도 날니지 안는다. 참새들은 쎄를 지어 갈팡질팡 이리가랴 저리가랴 하며 왜갈이난비 재촉하난 우름을 씻쳐가며 집웅을 건너 넘어간다.

이 째에 어느 집 삼간대청에난 어린 아해 보러 온 六(육) 七人(칠인)의 부인내들이 혹은 안저 부채질도 하며 혹은 더운 피곤(疲困)에 못 익이여 옷고롬을 잠간 풀어 제치고 화문석 우에 목침을 의지하야 가벼웁게 눈을 감고 잇난이도 이스며 혹은 무心(심)히 안저서 처음 온 집이라 압뒤을 보살펴 보기도 하며 혹은 살림에 대한 이야기도 하며 혹은 그거슬 듯고 안젓기도 한다. 마루에난 어린애에 기저귀가 두어개 느러와 잇고 물 주전자가 노여 잇스며 물씨기가 조곰식 나마 잇난 공긔가 三(삼) 四(사)개널녀 잇다. 쏘 거긔에난 앵

도씨가 여긔져긔 써러저 잇고 큰 유리화대접에 반도 채 못담겨 잇난 앵도는 물에 저저 반투명톄(半透明体)로 연연하게 곱고 붉은 빗치 광선(光線)애 반사(反射)되여 기름 윤이 흘느게 번젹번젹한다.

째에 여러저치인 뒷문으로 어린애 우난 소래가 사랑으로붓터 멀니 들니자 산후(產後)에 열긔(熱氣)로 인하야 신음하다가 이러 안진 애기 어머니난 어푸수수한 머리를 아모러케나 쪽지여 흑각으로 꼿고 긔운업시 뒤문턱에 기대여 안졋다가 깜작 놀나 이러서며 사랑으로 나가 애기를 곳초 안고 드러온다. 애기에 두 눈에는 약간 눈물이 흘너잇고 모긔에 물닌 자옥으로 두어 군대 붉은 졈이 찍겨 잇다 어머니 팔에 앵기여 오난 깃붐인지 쏘릇쏘릇한 눈쌩울을 굴니어 군즁을 둘너보다가 아난듯 모로난 듯 씽긋 웃난다. 군즁의 시선(視線)은 모다 이 애기에게 집즁(集中)하여 잇든 中(즁) 모다 「아이고 웃난고나」 하고 다시 우슬가 하야 얼느기도 하며 머리를 씨다듬어 보기도 하고 손을 만지어 보기도 한다. 애기난 모로난 쳬 하고 몸을 돌이어 어머니 가삼에 입을 돌니어 졋을 찻난다.

더편 구석에 담배 물고 실음업시 하날을 쳐다보고 안진 부인은 엇더케 보면 거진 四十(사십)쯤 되여 보이고 엇더케 보면 겨오 三十(삼십)이 넘어 보인다. 어듸인지 모로게 귀인성이 잇서보임직한 얼골에난 얼만한 고생의 흔젹인지 주룸살이 이리저리 잡혀진다. 거긔다가 분을 좀 싯친 모양이라 해빗헤 썰어 씸우죽죽한 얼골 빗헤 것돌며 넉사자 이마전에 압머리을 좌우평행(左右平行)으로 밀기름에 재여 붓치고 느짓느짓 짜아 느짐하게 길죽이 쪽을 찌어 은비녀로 쑥 찔너 노은 거시며 모시적삼 화장은 길죽하야 손등을 덥고 설핏한 모시치마에 허리을 넓게 달아 느직하게 외로 염여 입은 거슨 아모리 보아도 서울 부인늬가 아닐 쑨외라 어대인지 모르게 고상하게 보이는 거슨 례절(禮節)잇난 양반에 집에서 자라난 거시 분명(分明)하다. 그러케 여러 夫人(부인)내들은 애기들 압흐로 와서 얼느고 만저 보나 다만 홀노이 夫人(부인)만은 아모 말업시 멀니 건너다 보다가 흥 하고 이상한 코우슴을 한 번 웃고 눈을 내리깔며 반도 타지 안은 담배을 엽헤 잇난 재터리에 놋코 허리을 굽혀 마루 아래 대쏠에다 탁탁 틀며 이상하게 슯흔 氣色(기색)을 씌운다. 이 夫人(부인)은 다시 전과 갓치 안더니 애기가 젓먹난 양을 바라보며 「흐흥 그거 보시오 이러케 만히들 안젓난 中(중)에 애기 우난 소래을 그 어머니밧게 드른 사람이 업소그려. 그러케 '자식'과 어머니 사이에난 끈으랴도 끈을 수 업난 애정(愛情)이 엉키여 잇것마는 나갓흔거슨……」 하고 목이 메여 말긋을 암을으지 못 하고 두 눈에 눈물이 핑 돈다. 군중은 모다 이상히 역여 왜 그리 스러운 기색(氣色)을 씌우느냐고 무를 수 밧게 업섯다. 그난 아모 대답 업시 잠잠히 잇고 그와 동행(同行)하여 온 그의 친구 김부인(親舊金夫人)이 엽혀 안젓다가 그을 처다보며

「또 청승이 쓰러나오난군. 아들 둘의 생각을 하고 그러지요」 한다. 군중의 의심은 더욱 깁허간다.

「아들 둘을 엇더케 하엿기에요」 하고 다시 무를 수 밧게 업섯다. 이夫人(부인)은 역시(亦是) 아모 말 업시 안젓고 金夫人(김부인)이 또 이 夫人(부인)을 처다보며 「그 래력(來歷)을 말하랴면 숙향전에 고담이지요」 한다. 군중에게난 더욱 호기심(好奇心)을 갓게 되고 궁금증을 이르킨다. 「엇재서 그래요? 좀 이야기 하시구려」 하난 거시 군중의 청구(請求)이엿다. 金夫人(김부인)은 또 그를 처다보며 「이야기 하구려」 권한다. 그夫人(부인)은 역시 잠잠이 안젓더니 「이것보십쇼」 하고 두 손을 내밀며 「세상에 사주팔자란 알 수 업습데다. 분길갓든 내 손이 이러케 매듸마다 못 박혀 볼 줄 뉘 알앗스며 오류월 염천까지 무명 고쟁이로 날줄 뉘 알앗스리가 (치마를 거듸치고 가라치난 무명 고쟁이난 오동 빗치라) 나도 남부럽지 안케 호의심식(好衣好食)으로 자라나서 시집가서도 마루 아래을 내려서 본 일이 업섯더랍니다. 이래 보여도 나도 상당한 집 양반의 쌀이랍니다. 내 래력(來歷)을 말하자면 기가 막혀 죽을 일이지요」 이러케 차차 그의 래력을 말하기 시작되엿다.

내 아버지께서는 평양(平壤) 감사까지 지내시고 봉산(鳳山)골도 사시고 안성(安城)골도 사셧지요. 우리 백부(伯父)님은 리판서(李判書) 집이시지요. 그리하야 우리 고향(故鄕)인 철원鐵原)골에서는 우리 친정(親庭)집 일파(一派)의 세력(勢力)이 무섭지요. 그러한 집에서 아들 四兄弟(사형제) 틈에 고명쌀노 귀(貴)엽게도 자랏지요. 지금(只今)은 가진 고생을 다 격거서 이러케 얼골이 썩고 썩엇지요마는 내가 열두서넛살 먹엇슬 째는 색시 꼴도 백히고 빗갈이 희고 얼골도 매우 고왓섯스며 머리는 새가만니 전반갓햇지요. 그리하야 열살먹든 해붓허 시골 셔울 할 것업시 재상에 집에서들 청혼(請婚)들을 하댓답니다. 우리 아바지쎄서 그런 말삼을 하시면 어머니난 쌀자식 하나 잇난 거시 그러케 원수시러우냐고 하시지요. 그러면 아바지쎄서는 아모 말삼 못하십데다. 그러나 쌀자식이란 쓸대업서요. 열여섯살 먹든 해 三月(삼월)에 긔어히 남의 집으로 가게 되옵데다」

「신랑은 멧살이구요」 하고 한 夫人(부인)은 뭇난다. 신랑은 열세살이엿댓지요. 우리 시父母(부모)되시는 김판사(金判書)하고 우리 아바지와난 절친한 사이섯지요. 아마 두 분이 술잔을 난호시다가 우리 혼인이 정해진 모양입데다. 그러케 어머니 써러지기 실혀서 울면서 八十里(팔십리)나 되는 곳으로 시집을 갓지요. 우리 집에서도 업난 것업시 처해 가지고 갓거니와 그집에도 단 형뎨(兄弟)썓으로 필혼(畢婚)이라 가진 예물이며 채단이야 슴직슴직 하엿섯지요. 시부모님에게 귀염인들 나가치 밧아스릿가 말이 시집이지 世上(세상)에 나가치 어려온 것 모르고 괴로은 것 모로게 시집살이을 하엿스릿가. 혼인(婚姻)한지 삼년(三年)이 되도록 태기(胎氣)가 업서서 퍽도 격

정들을 하시고 기다리시더니 팔년(八年)되든 해 우연히 태기(胎氣)가 잇서 가지고 아달을 나하노흐니 그 어룬들쎄서 조와하시난 거시야 엇더타 말할 수 업섯서요. 은(銀)소반 밧들 듯 하십데다. 바로 그 해에 우리 밧겻 양반이 춘천 군청(春川郡廳)에 군쥬사(郡主事)을 하여 가지요. 그리하야 나도 가치가서 거긔서 삼년(三年) 동안이나 살림을 하엿섯지요. 그럴 동안에 첫애가 세살이 먹자 쏘 아오가 잇서서 나으니 쏘 아들이지요. 밤이면 네 식구가 옹긔종긔 안자서 재롱을 보고하면 타곳에서 외롭게 지내난 中(중)에도 자미잇게 지냇지요. 그러나내 복조가 그만이엿든지 집안 운수가 불길(不吉)하랴 함인지 둘재 아해 낫튼 그 해 동지달에 일본(日本) 셜이라고 하야 연회에 가시더니 밤이 느저서 드러오시난대 술이 퍽 취한 듯 십습데다. 펴노은 자리 우에 옷도 벗지 안코 탁 드러누어 머리을 몹시 압흐다고 씽씽 알터니 별안간에 와르르 게우는대 벌건 선지 피가 두어번 캄캄 엉키여 나옵데다그려 나는 간담이 서늘하여 지옵데다.

여긔까지 듯고 안젓든 여러 夫人(부인)내의 가삼은 조려지난 모양(模樣)이라 「그래서요」 하며 이야기 계속(繼續)하기을 원(願)하는 이도 잇스며 혹은 「저런 엇절가」 하고 참아 드를 수 업겟다는 것처럼 씹흐린다. 혹은 「아이고 싹해라」 한다. 리부인(李夫人)은 목이 메여 침 한 번을 쑬덕 삼키고 잠간 말을 멈추엇다가 다시 한다. 그 쌔

영원한 신여성
나혜석 작품집

두러누으신 후로 그 잇흔날붓허 사진이 무어십닛가 하로에 미움 한 번이나 자시는 둥 마는 둥하고 담이 점점 성하여저서 별건 피담을 한요강식 뱃지요 그러케 것잡을 새 업시 나나리 병(病)이 즁(重)하여 가옵데다그려 그래서 큰 댁에 편지을 한다. 뎐보(電報)을 한다 하엿드니 우리 맛시아주버니쎄서 다 모다 데리고 가실랴고 곳 오서습데다. 그리하야 우둥부둥 짐을 싸 가지고 불시로 모다 써나왓지요. 그러한 일이 쏘 어대 잇섯스릿가. 큰 댁에을 드러스니싸 공연히 무슨 죄(罪)나 지은 것가치 어룬 뵈일 낫이 업습데다. 아니나갈가 二(이)시어머님 되는 마냄쎄서는 날더러 엇더케 하다 저러케 병(病)을 냇느냐고 원망을 하시며 두 내외분(內外分)은 식음(食飮)을 전폐하시고 두러누어 게시니 집안이 그런 난가가 어대 잇스릿가. 인삼이며 사심쌀이며 가진 죠타난 약(藥)은 다 사듸리고 용하다는 용한 의원은 멀고 갓갑고 간에 데려다가 사랑에 두고 날마다 맥(脉)을 보고 약을 쓰나 만약(萬藥)이 무호(無效)이라 돈도 만히 드럿거니와 사람의 간장인들 그 얼마나 죠렷섯스리가. 필경은 그 이듬해 八月(팔월) 스무하로날 가서 그 몸을 맛추앗지요 하며 적삼싣을 집어 두 눈을 씻는다. 군중은 모다 「저럴 엇절가」 하고 혀들을 툭툭 찬다. 李夫人(이부인)은 한 풀이 죽어서 겨오 말씃슬 잇는다.

그러니 스물 다섯살인 꼿갓흔 나이에 세상 쟈미(滋味)를 다 버리고 죽은 이도 불상하거니와 너편내가 三十(삼십)도 못 되어 혼자 되니 그 신세야 말 할 것 무엇잇게소. 오작 방정마저 뵈엿스릿가. 왜 그런지 모든 사람이 이 몸을 모다 박복한 년으로 보난 듯 십허서 엇지 붓그러온지 혼자 된 후로 난 사람을 치워다 보지를 못하고 지내왓지요. 친덩(親庭) 오라버니가 보러 오섯난대 하야케 소복(素服)을 하고 보기가 엇지 붓그럽든지 모닥불을 퍼붓난 것 갓하야 즉시 얼골을 들지 못하엿더랍니다.

한 夫人(부인)이 말하되 「참 녯날 어룬이시오. 아 그러타 샌이야요. 생전 죄인(罪人)이지요. 어듸 가서 고개를 들어 보고 말소리를 크게 내여 보며 목소리를 놉혀 우서 보아요. 그러기에 몸을 맛초운다 하고 과부가 되면 하눌이 문허젓다고 하는 가바요. 참 — 기가 막히지요. 그러나 요새이 과부들은 어대 그럽댓가. 벌건 자주 댕기를 아니 듸리나 분들을 못 바르나 그러니 世上(세상)이 망하지 아켓소」 하며 누엇다가 벌쩍 이러 안지며 담배 재 터너라고 허리를 굽히난대 보니 그의 머리에난 조적 당기가 듸려 잇난거시 이 부인(夫人)도 과부 중에 한 사람인 듯 십고 말하난 거시 경험(經驗)한 말 갓다.

李夫人(이부인)은 다시 말을 니어 지금 생각(只今 生覺)하여 보면 그 — 못나서 그랫서요. 그야말노 불행중 다행(不幸中多幸)으로 아들형뎨를 두고 가서 할머니 하라버지끠서도 그것들노 위로를 만히 밧으시고 나도 그것들에게 의지(依支)하게 되엿지요. 우리 시아바님 쌔서는 우리 세 식구를 엇더케 불상이 역이시난지 살림에나 자미를 붓처살나 하시고 둘제 아드님 목으로 지어 두섯든 삼백석 추수(三百石 秋收) 밧는 논과 밧을 내 일홈으로 증명(證明)을 내어 주시고 큰댁 바로 압집을 사서서 분통갓치 숨여서 상청하고 우리 세식구를 세간을 그 동지달에 내어 주시며 조석으로 드나드시면서 보아주십데다. 살림도 내외가 가저서 해야 이것도 사고 십고 저것도 사고 십고 하야 자미가 나지요. 마지 못하야 살림에 당한 거슬 하나 사면? 어대를 가고 나 혼자 이러케 살냐고 애를 쓰나 하난 마음이 생기고 것잡을 새 업시 설음이 복밧처 눈물이 압흘 가리우지요.

우리 친정에서는 내가 불상하다고 철철이 나는 실과(實果)를 아니사 보내 주시나 아해들 옷을 아니 해 보내 주시나 남편업시 시아버님쌔 돈을 타서 쓰니 오작 군속하랴 하고 일용(日用)에 보태어 쓰라고 돈을 다 보내 주시고 하지요. 아 — 참 세월(歲月)도 쌜나요. 살아서 잇는 것 갓치 죠석상식(朝夕喪食)을 밧들기에 큰 위로를 밧고 밤에라도 나와서 마루에 잇는 소장을 보면 집을 직혀주는듯 십허서 든든하더니 그남아 삼년상(三年喪)을 맛치고 나니 더구나 새삼스럽게 서루은 마음이 생기고 허수하며 섭섭하기가 말할 길 업습데다. 짜라서 죽지 못한 거시 한이지요. 죽지 못하야 사라가

는 동안에 한해가 가고 두해가 가서 샤년(四年)이 되엿지요. 그 해
八月(팔월)에 마루에서 혼자 큰 아해 녀석 추석비움을 하고 안젓스
랴니까 전붓허 우리 큰댁에 드나들면서 바누질도 하고 하든 졈동
할머니가 손자를 등에 업고 드러옵데다. 그는 전에 업시 내가 혼
자 사는 것이 불상하다난둥 오작 셜읍겟나냐난둥 하며 무슨 말인
지 서울 어느 졈잔은 사람이 상처(喪妻)를 하고 졂은 과부를 하나
엇을랴고 하난대 그 사람은 문별(門閥)도 관게(關係)치 안코 재산(財
産)도 상당하며 엇저고엇저고 느러 노읍데다. 나는 아마 그냥 그런
이야기를 하나 보다 하고 무심히 드럿슬 쓴이엿지요. 그런 뒤 얼
마 잇다가 어느 날 쏘 할멈이오더니 그런 말을 쏘 하면서 감히 무
어시라고난 못하고 내 눈치를 보난 것이 매오 이상스럽겟지요? 엇
지 괘심시러운지 나 역시(亦是) 모르는 체 하엿슬 쓴이지요. 아 —
이것 좀 보시오. 멧칠 뒤에 쏘 와서는 불고염치하고 날더러 마암
이 업나냐고 아니합데가. 나는 뉘 압헤서 것싸위 말을 하나냐고
악을 쓴이까 꽁문이가 쌔지게 다라납데다. 그런 뒤로난 나는 엇
지 분하든지 밤이면 잠이 다 아니 오겟지요. 그러고 모든 사람이
다 나를 업수이 역이난 것 갓하야 엇지 서루은지 과부되엿슬 째
보다 더해요. 그런대 이거 보세요. 망신살이 쎄칠냐니까 어렵지가
안켓지요. 도모지 날자까지 잇치지가 안습니다만은 그 해 九月(구
월) 열잇흔날이엿서요. 저녁밥을 다 해 치고 안방에서 선선해서 방

영원한 신여성
나혜석 작품집

문을 닷고 어린애 젓슬 먹이너라고 끼고 두러누엇스랴니까 별안간에 마당에서 우리 큰애 일홈 순영아 순영아 두어 번 불느는 남자(男子)의 소리가 나겟지요. 나는 시부께서 나오섯나 하고 젓슬 쎄우고 이러시랴는대 다시 불느는 소리를 드르니 우리 시부님의 목소래는 캥캥하신대 그러치가 안코 우렁찬 소리겟지요. 나는 이상스러운 마음이 생겨서 잠간 문틈으로 내여다 보앗지요. 어스름 밤이라 자셰난 볼 수 업스나 키가 훨신 큰 사람이 뒷짐을 지고 그 손에는 단장을 휘적휘적 흔들며 안을 향(向)하야 섯는 거시 잠간 보아도 우리 집내 사람은 안이옵데다. 나는 불연듯 무서운 생각이 생겨서 나오지 안는 목소래로 벌벌 썰며 「그 누구신가 엿주어 보아라」 하엿지요. 그 자는 내 목소리를 듯자 반가운듯시마로 싯흐로 갓가이 오며 천연스럽게 「네 ― 서울서 왓습니다」 해요. 나는 다시 썰이는 소래로 「서울서 오시다니 누구신가 엿주어 보아라」 한즉 그자는 벗적마루로 올나스며 「왜 졈동할머니의게 드르섯지요 서울 사는 장쥬사라고요……」 하며 바로 익숙한 사람에게 대하야 말하듯이 반우숨을 쎄우며 말하겟지요. 나는 무섭고도 분하여서 「나는 그런 사람 몰나요. 그런대 대관절 남의 집 대청에를 아모 말 업시 드러오니 이런 법(法)이 어대 잇소」 하며 주고밧고 할 쌔에 맛침 대문 소리가 나자 우리 시어머니되는 마냄이 두러오시는 구려.

군중은 모다 「아이고 저럴 엇절가」 「엿저면 쑥 고새」 하며 마음을 조려 한다.

그러니 쑥 그물에 걸키운 고기지요. 넘치고 뛸 수 잇나요. 그러니 장쥬사라는 작자가 밧그로 쒸여나가야 올켓습니가 안으로 쒸여드러와야 올켓습닛가. 엇절 줄을 몰나 그랫든지 방으로 쒸여드러 오는구려. 나는 속절없시 루명을 쓰게 되엿지요. 시모님께서는 그 자의 태도가 수상스운 것을 보시고 곳 눈치를 채신 모양이라 방으로 쏫차 드러 오시더니 눈을 쪽바로 써 치우다 보시며 「웬 사람이냐고」 하시더니 다시 나의 태도(態度)를 유심히 보시는구려. 그러니 그 자리에서 무어라고 말하겟소. 하도 기가 막키는 일이라 아모 말도 아니 나와서 잠잠이 서 잇슬 쑨이엿지요. 원래 괄괄하신 어룬이다 곳 내게로 달겨드시더니 내 머리채를 휘여잡고 이쌤 저쌤 치시며 「이년 남의 집을 착실이도 망(亡)해 준다. 생쌔갓흔 서방 쥐기고 무엇이 부족하야 밤낮 뭇놈하고 부동을 하며 서방질을 하니 이년 그런 뭇서방놈들이 압뒤로 널넛스니까 네 서방을 약을 먹여 병(病) 내 노아구나. 에 ─ 갈아 먹어도 시원치 안을 년 내 집에 일시(一時)라도 머물지 말고 저놈 딸아 나가버려라 어서어서하는 벼락갓흔 재촉히 겹허 나는대 어느 뉘라서 거역할 수 잇던가요. 시골이라 압뒤집에서 큰 소래가 나니 남녀로소 물론(老少 勿論)하고 마당이 미여지도록 구경군이 밀려드러 오는구려. 오장을 보

선목이라 뒤집어 뵈는 수도 업고 그 자리에서 내가 어굴하다하면 누가 고지를 듯겟소. 남영 홍씨(洪氏)내 쎄라니 순식간에 모여 들더니 그년 어서 쫏차 내보내라는 말이 빗발치듯 합데다. 그러케 원통할 길이 쏘 어대 잇섯스리가. 다만 하날을 우러러보며 하나님 맙시사 할 쑨이엿지요. 내가 어렷슬 째붓허 우리 부모(父母)님에게 큰 소리 한 마대 드러보지 못하고 자라낫는대 머리가 한 웅쿰이나 쌔지고 왼몸이 성한 곳이 업시 멍이 퍼러캐 들도록 엇어 마젓지요. 이것 좀 보시오. |윗입설을 올니처 간간이 금(金)을 느어 번적번적하는 압니를 보이면세 이것도 그째에엇지 몹시 엇더마젓든지 그째붓허 이 몸이 부어서 순색으로 쑤시시더니 여섯달만에 몽탕 쌔지겟지요. 그래서 이러케 압니를 모조리(압니 여섯을 가라치며) 해박아슴니다. 그래서 그날 그시로 당장(當場)에 내쫏겻지요. 아해 둘은 물론(勿論) 쌧기고요. 쫏겨나와 갌데 가 잇나요. 첫재 남이 붓그러워서 조고만 바닥이라 즉시(卽時)로 왼 성내(城內)에서 다 알게 되엿지요. 할 수 업시 우리 친정편(親庭便)으로 멀니 일가 되는 집을 차저가서 그 집 행낭구석 어릅쌍갓흔 구들 우에서 그 밤을 안자 새윗엿지요. 손발이 차다 못하야 나종에는 저려오고 두젓이 쎙쎙 부러 압하 견댈 수가 잇서야지요. 사람이 악에 바치니까 눈물도 아니 나오고 인사도 차릴 수 업습데다. 아모려면 엇더랴하고 발길을 기다려 사람을 보내서 어린 아해를 훔처 오다 십히 햇지요. 그 잇흔날 느

진 죠반(朝飯) 째즘 되어서 보고 하나이 드러 오더니 그 뒤에는 어느 하이 칼나 하나이 싸라드러오는대 잠간 보니 어제 저녁에 내 집에서 방으로 쮜여 드러오든 사람 비슷합데다. 나는 그 자를 보자 곳 사시나무 썰니듯 썰녀지며 분한 생각을 하면 곳 내려 가서 먹살을 쥐고 마음껏 한판 해 내엿스면 좃켓습데다. 바로 호긔시럽게 어느 실네마님이나 뫼시러 온 듯시 날더러 타라고 하겟지요. 어느 썰개 쌔진 년이 거기 타겟삽닛가. 그러자니 자연 말이 순순이 나가겟습닛가. 남의게 루명을 씨운 놈이라난 등 내 게집된 이상에 무슨 말이냐란 등 점점 분통만 터지고 쏠만드러나지요. 보니까 발서 압뒤가 쎅쎅하게 구경군이 드러섯구려. 그리니 엇더케 합니까. 그곳을 써나난 거시 일시(一時)가 밧부게 되엿지요. 큰댁 하인(下人)놈들이 웅긔중긔 서서 구경하난 양을 보니까 고만 엇더케 붓그러온지 아모 소래가 아니 나오고 부지불각중(不知不覺中)에 아해를 씨고 보교 속으로 피신을 하여 버렷지요. 얼마를 한업시 가서 어느 산(山)골 촌(村) 구석 다 씨러저가는 초가 압헤다 보교를 놋터니 날더러 나리라고 합디다. 그러고 원수의 그자(者)난 정다(情多)이 나를 듸려다 보며 시장하지 안으냐고 뭇겟지요. 참 쑴인들 그런 쑴이 어듸 잇스릿가? 분한대로 하면 쌤을 치고 십헛섯스나 참아 남의 남자(男子)에게 손이 올라가야지요. 그러고 다른 곳에 가서까지도 쏠을 들키고 십지 아니하야서…… 거긔서 이럭저럭

근 十餘日(십여일)이나 지냇지요」

이제것 열심(熱心)으로 듯고 안   든 애어머니난 빙그레 우수면서 「그러면 혼인(婚姻)은 언제 햇서요. 거긔서 햇나요」 하고 문난 말에 李夫人(이부인)은 엄을엄을하며 잠간 두 쌤이 불그러해진다.

그러면 엇더케해요. 암을하면 그 게집 아니라나요. 그러기에 只 今(지금)이라도 그째 내 살을 그 놈에게 허락한 거슬 생각만 하면 치가 썰니고 분하지요. 내가 지금(只今)만 갓햇서도 무관하지요. 그째만 해도 안방 구석만 알다가 졸디(卒地)에 쫏겨나서 물설고 산(山)설은 곳으로 가니 그남아도 사람을 배반하면 이년에 몸은 쏘 무어시 되겟삼니가. 그래서 날 잡어잡수 — 하고 이섯드립니다 그러기에 지금 생각(只今 生覺) 하면 그째 왜 네가 목이라도 매서 못 죽엇나 십흐지요. 자살(自殺)도 팔자닛가요……. 그리고 장주사난 서울집 사노코 더릴너 오마하고 써낫지요. 나는 어린애 대리고 거긔 멋칠 더 잇다가 하로난 불고 염치하고 우리 친정을 차자 나갓 지요. 마침 그 동래사람 하나이 평강으로 간다고 해서 애을 업고 생전(生前) 처음으로 오십리(五十里) 거름을 하야 저녁째 우리집문 압헤를 다다르니 가삼이 두군두군하고 벌벌 썰녀서 참아 대문(大門) 안에 발이 드러 노읍데가 그러나 이를 쌔밀어 물고 쑥 드러갓 지요. 우리집에서야 팔십리(八十里)밧게 일을 아실 까닭이잇겟삼니 가. 어머니난 버선발노 쒸여나려 오시며

「이게 웬일이냐고」 하시고 오라버니 댁들도 쮜어나려와서 아해를 밧어드려가고 야단들입듸다. 우리 아바지께서난 진지상에 고기반찬을 해서 노으면 쪽 반(半)만 잡수시고 오라범댁(宅)들을 불느서서 「이거슨 홍집 누이 주어라 세상에 부부(夫婦)의 락(樂)을 몰느니 좀 불상하냐」 하시고 밤이면 잇지도 안으시고 홍(洪)집 자는 방이 춥지나 아느냐 하시며 쪽 무르시지요. 그러케 호강스럽게 그 겨울 동안에 잘 먹고 잘 입고 지냇지요.

그 이듬해 삼월 초(三月初) 엿새날 아참나절이엿지요. 건은방에서 아버지 마고자를 숨이고 잇스랴니까 손아래 오라범이 얼골이 시퍼래져서 거는방 미다지를 부서져라 하고 열어제치드니 퉁명스럽게 내 압헤다가 무슨 뎐보(電報) 한 장을 내여 던집듸다. 까막눈이라 볼 줄을 아나요. 엽헤안젓든 그 오라범댁더러 좀 보아 달나고 하엿지요. 한참 보더니 이상스러온 눈으로 나를 치어다 보면서 「아이고 형님 순영이 아버니난 도라가섯난대 이게 누구입니가. 아버님 함자로 왓난대 오날 온다 하고 서랑 쟝필셤이라고」 하엿삽니다 하지요. 그런 원수가 어대 잇스릿가. 그러자 별안간에 문밧게서 자동차 소리가 나더니 키는 멀숙하니 삼팔 두루막이 자락이 너플거리며 금테 안경을 번쩍어리고 셔슴지 안코 중문(中門)을 드러서 중청갓치 안마당으로 드러 오더니 마루 싯헤가 걸터 안난구려. 우리 어머니난 고만 이불쓰시고 아래목에 드러누으시구요. 우

영원한 신여성
나혜석 작품집

리 옵바들은 동래 집으로 피신하고 나는 부엌에 선 채로 오도가
도 못하고 벌벌 떨고 섯섯 쓰랴니까 오라범댁이 「형님에게 온 손
님이니 형님 나가서서 대접하시오」 하난 권에 못익일 쑨외라 누구
나 드러오면 엇더케 해요. 그래서 억지로 나가서 드러가자 고하야
거는방으로 더리고 드러갓지요. 아래목에 하나 움목에 하나 섯슬
쑨이지 무슨 말이 나오겟삽니가. 갈사록 山(산)이오 물이라더니 죽
을 수니까 헐 수 업삽듸다. 왜 하필 고째 우리 아버지난 사흘전에
큰 댁 제사에 가섯다가 도라오십닛가. 안방으로 드러가시더니 우
리 어머니더러 왜 두러누엇냐고 하시겟지요. 어머니난 몸살이 낫
다고 하십듸다. 다시 마루로 나오서서 다니시다가 대쓸에 버서노
은 마른발 막신을 보시더니 오라범댁을 불느서서 이게 윈 남자(男
子)의 신이냐고 하시난구려. 오라범댁은 마지못하야 엄을엄을하면
서 「평강형에게 손님이 왔서요」 하지요. 「홍(洪)집에게 남자(男子) 손
님이 웬 손님이며 남자(男子) 손님이면 의례 사랑으로 드러가야 할
거시어늘 거는방에 드러안는 손님이 대톄 누구란 말이냐」 하시더
니 홍(洪)집 나오라고 두어번 큰 소래로 불느시난구려. 나난 고만
겁결에 거는방 뒤문 밧그로 뛰어나갓지요. 그래 가만히 섯섯스랴
니까 별안간에 누가 내 뒤덜미를 부서져라 하고 치며 머리채를 휘
잡난구려. 깜작 놀나 도라다 보니 우리 아바지시지요. 두말삼 아
니 하시고 사뭇 아래 위로 치시 난대 압흔지 만지 하옵데다. 아이

구 어머니 살니라고 악을 쓰나 누가 내여다 보기나 하옵데가. 지금(只今)도 장주사는그째 나 매맛는 것슬 생각하면 불상하다고는 하지요. 이왕 그러케 되엿쓰니 나를 압장을 세고 나서야 올치요. 자긔난 홀적 나가서 자동차를 잡아 타고 갓구면요. 그러니 하인 등솔에 남이 붓그러워 잇슬 수도 업거니와 우리 아바니씌서는 어머니와 오라범댁들에게 왜 그 놈을 붓쳣너냐고 조련질을 하시고 나를 내쏫치라고 하시지요. 할 수 업시 그 날 져녁에 친정에서까지 쏫겨나서 아해를 업고 정처업시 나섯지요. 우리 어머니는 이십리(二十里)까지 쏫차 나오시며 우시난구려. 길거리에서 그러케 모녀가 마조막 작별을 하엿지요. 그러니 인제야 장가에게 밧게야 갈곳 잇겟삽니가. 그러나 서울이 어대가 박혓난지 서울은 엇더케 하여서 간다 하더라도 그 자의 집이 어대인진 알아야지요. 아모러나 비럴 먹어도 자식들하고나 갓치 비럴 먹을냐고 四十里(사십리)나 되난 철원(鐵原)으로 가서 길에서 놀고 잇난 우리 순영이를 훔쳐 가지고 다시 주막잡엇던 집으로 왓지요. 우리 집에서 나올 째에 아바지 몰래 어머니가 쌀판 돈 三圓(삼원)을 집어 주서서 그거스로 밥갑슬 치르고 잇섯스나 그까짓 것 쓸냐니까 얼마 되나요. 열흘도 못 가서 다 업서젓지요. 헐 수 잇나요. 그 새붓허 그 집 바누질도 하고 아해를 거두어도 주고 하며 세 식구 엇어 먹고 지냇지요. 여보 말삼마시오. 제법 어듸가 더운 밥 한 술을 엇어먹어 보아요. 뭇

영원한 신여성
나혜석 작품집

상에서 남난 밥찍게기나 해가 한나절이나 되어서 겨오 좀 엇어 먹어 보지요. 시골집이라니요. 녀편네라도 허리를 못 펴고 다니지요. 단간방에서 쥬인 식구(主人 食口) 다섯하고 여듧이 자면 평생(平生)에 어듸가 옷고롬 한 번을 풀어보고 다리를 펴고 자보리가. 알뜰이도 고생도 하엿지요. 그나마도 가라면 엇졈니가(쏘잇소).

경희(瓊嬉)

/

「아이구 무슨 장마가 그러케 심히요」

흐며 담빅를 붓치는 쭝쭝흔 마님은 오릭간만에 오신 사돈마님일다.

「그러게 말이지요. 심한 장마에 아희들이 病(병)이나 아니 낫습니가. 그동안 하인도 한 번도 못 보닉셔요」

흐며 마조 안져 담빅를 붓치는 머리가 희긋희긋흐고 이마에 주름살이 두어 줄 보이는 이 李鐵原(이철원) 宅(대) 主人(주인)마님일다.

「아이구 별 말슴을 다 흐십니다. 나 역 그릿셔요. 아희들은 츙실하나 어멈이 엇지 슈일 젼붓터 빅가 압흐다고 흐더니 오날은 이러나 다니는 거슬 보고 왓셔요」

「어지간이 날이 더워야지요. 조곰 잘못 흐면 병 나기가 쉬워요. 그릭셔 좀 걱정이 되셧겟습니싸」

영원한 신여성
나혜석 작품집

「인져 낫스니까요. 무음이 노여요. 그런듸 익기가 일본서 와서 얼마나 반가우서요」

호며 스돈 마님은 이젓든 거슬 쌈작 놀나 싱각호는 듯시 말을 혼다.

「먼듸다가 보너고 늘 무음이 노이지 안타가 그리도 일년에 한 번식이라도 오니까 집안이 든든히요」

主人(주인)마님 김부인은 담빅듸를 짓터리에다 탁탁 친다.

「그럿타 말다요. 아들이라도 무음이 아니 노일 터인듸 처녀를 그러혼 먼 듸다 보너시고 그럿치 안켓습니가. 그런듸 몸이나 춤실힛셧는지요」

「네 별 병은 아니 낫나 보아요. 제 말은 아모 고싱도 아니 된다 호나 어미 걱정 식힐가 보아 호는 말이지 그 좀 주리고 고싱이 되엿겟서요. 그리서 얼골이 써칠 히요」

호며 뒤겻을 항호야 「아가 아가 서문 안사돈 마님이 너 보러 오셧다」 혼다.

「네」

호는 경희는 지금 시원혼 뒷마루에서 오릭간만에 맛난 오라버니 딕과 안져서 오라버니 딕은 버션을 깁고 경희는 안진 직봉틀에 즉긔 오라버니 양복 속적삼을 하며 일본서 지닐 써에 어느날 어듸를 가다가 함맛터리면 전차에 치울번 호엿드란 말, 그리서 지금이라도 싱각만 흐면 몸이 아슬아슬흐다는 말이며 겨울기 오면 도모지 다리를 펴고 자본 적이 업고 그리서 아츰에 이러나면 다리가 곳곳흣다는 말, 일본에는 하로 걸너 비가 오는 듸 한 번은 비가 심흐게 퍼붓고 學校上學時間(학교상학시간)은 느져서 그 굽 놉흔 나막신을 신고 부즈런히 가다가 너머져서 다리에 가죽이 버서지고 우산이 모다 찌져지고 옷에 흙이 뭇어 엇지 붓그러웟섯는지 몰낫섯드란 말, 學校(학교)에서 工夫(공부)흐든 이야기, 길에 다니며 보든 이야기 즛헤 마침 어느 쩍 活動寫眞(활동사진)에서 보앗든 어느 兒孩(아해)가 아바지가 작난을 못흐게 흐니까 아버지를 팔아 버릴냐고 광고를 써다가 제 집 門(문) 밧 큰 나무에다가 붓첫더니 그 쩍 마참 그 兒孩(아해)만한 六七歲(육칠세)된 남믜가 父母(부모)를 이러버리고 彷徨(방황)흐다가 쏙 두 푼 남은 돈을 쓰늬들고 이 廣告(광고)듸로 아바지를 살냐고 門(문)을 두다리든 樣(양)을 半(반)쯤 이야기흐는 中(중)이엿다. 오라버니듸은 어느듯 바누질을 무릅 우에다가 노코

「하하허허」 흐며 滋味(자미)스럽게 듯고 안졋든 쩍라. 「그리서 엇더케 되엿소」 뭇다가 눈쌀을 찝흐리며

「얼는 다녀오」 간절히 청을 흔다.

엽헤 안져서 쌜늬에 풀을 먹이며 熱心(열심)으로 듯고 안졋든 시월이도 혀를 툭툭 찬다.

「암으렴 네 얼는 다녀오리다」

경희는 이러케 對答(대답)을 ᄒ고 제 이야기에 자미 잇서서ᄒ는 것이 깃버서 우스며 압마루로 간다.

경희는 사돈 마님 압헤 절을 謙遜(겸손)히 ᄒ며 인ᄉ를 엿주엇다. 一年(일년) 동안이나 이져버렷든 절을 일전에 집에 到着(도착)할 ᄯᅥ에 아버지 어머니에게 ᄒ엿다. 홈으로 이번에 ᄒ 절은 익숙ᄒ엿다. 경희는 속으로 일본서 날마다 세루 가로 쮜며 작난ᄒ든 싱각을 ᄒ고 지금은 이러케 얌전ᄒ다 ᄒ며 우섯다.

「아이고 그 좃튼 얼골이 엇지면 저러케 못 되엿니 오작 고싱이 되엿섯실나고」

사돈마님은 자비스러온 音聲(음성)으로 말을 ᄒ다. 일부러 경희의 손목을 잡아 만젓다.

「쏙 심ᄒ 시집살이 ᄒ 손 갓고나. 女學生(여학생)들 손은 비단결 갓ᄒ다ᄂᆞᆫᄃᆡ 네 손은 웨 이러냐」

「살性(성)이 곱지 못ᄒ셔 그리요」

경희는 고기를 칙으린다.

「제 손으로 쌜닉 히 입고 밥까지 히 먹엇다니까 그럿치요」

경희의 어머니는 담빅를 다시 붓치며 말을 ᄒ다.

져런 그러면 「집에서도 아니 ᄒ든 거슬 긱지에 가서 ᄒᄂᆞᆫ구나. 네 일본학교 규측은 그러냐?」

사돈마님은 깜작 놀낫다. 경희는 아모 말 아니 혼다.

「무얼요. 제가 제 苦生(고생)을 사누라고 그리지요. 그것 누가 식히면 하겟습니까. 學費(학비)도 넉넉이 보늬 주지마는 기이는 별나게 밧분거시 자미라고 흔답니다」

김부인은 아모 뜻 업시 어제 저녁에 자리 속에서 쌀에게 드른 이야기를 혼다.

「그건 왜 그리 고싱을 흐니」

사돈마님은 경희의 이마 우에 넙펄넙펄 나려온 머리카락을 두귀 밋헤다 씨워주며 적삼 위로 등의 살도 만저보고 얼골도 씨다듬어 준다.

「일본에는 겨울에도 불도 아니 쎡인 듸지 그리고 반찬은 감질이 나도록 조곰 준듸지. 그것 엇지 사니?」

「네, 불은 아니 쎠나 견듸여 나면 관계치 안아요. 반찬도 쏙 먹을만치 주지 모져러거나 그럿치는 아니 히요」

「그러자니 모도가 고싱이지 그런듸 네 형은 그동안 병이 나서 너를 못 보러왓다. 아마 오날 져녁 쏙은 올 터이지」

「네 좀 보늬주서요. 발서부터 엇지 보고 십헛는지 몰나요」

「암 그럿치 너 왓다는 말을 듯고 나도 보고 십허 흐엿는듸 兄弟(형제)끼리 그러치 아니랴」

이 마님은 원릭 시집을 멀늬 와서 부모 형뎨를 몹시 그리워 본

영원한 신여성
나혜석 작품집

經驗(경험)이 잇는터라. 이 말에는 깁흔 同情(동정)이 낫타난다.

「거긔를 쏘 가니? 인져 고만 곱게 입고 안젓다가 富者(부자)집으로 시집가서 아들쌀 낫코 자미드랍게 살지 그러케 고싱홀 것 무엇 잇니?」

아직 알지 못ᄒᆞ야 그러케 ᄒᆞ지 못ᄒᆞᄂᆞᆫ 거슬 일너주는 것 갓히 경희에게 되ᄒᆞ야 말을 ᄒᆞ다가 마조 안진 경희 어머니에게 눈을 向(향)ᄒᆞ야 「그럿치 안소. 늬말이 올치요」 ᄒᆞᄂᆞᆫ 것 갓ᄒᆞ다.

「네. 하든 공부 맛칠 ᄯᅥᆨ까지 가야지요」

「그거슨 그리 만히 ᄒᆡ 무엇ᄒᆞ니. 사ᄂᆡ니 골을 간단 말이야? 郡(군) 主事(주사)라도 ᄒᆞ단 말이냐. 只今(지금) 世上(세상)에 사ᄂᆡ도 빈화 가지고 쓸 듸가 업서서 쩔쩔 ᄆᆡᄂᆞᆫ듸……」

이 마님은 여간 걱정스러워 아니 ᄒᆞᆫ다. 그리고 되관졀 게집이를 日本(일본)ᄭᅡ지 보ᄂᆡ여 공부를 식히는 사돈 영감과 마님이며 쏘 그러케 빈ᄒᆞ며 되체 무엇허자는 것인지를 몰나 답답히 ᄒᆞᆫ 적은 오릭 젼붓터 잇스나 다른 집과 달나 사돈집 일이라 속으로는 늘 「져 게집이를 누가 데려가나」 辱(욕)을 ᄒᆞ면서도 할 수 잇는 되로는 모른 체 ᄒᆞ여 왓다가 오날 偶然(우연)ᄒᆞᆫ 조흔 期會(기회)에 걱정ᄒᆡ오든 것을 말ᄒᆞᆫ거실다.

경희는 이 마님 입에서 「어서 시집을 가거라. 공부는 ᄒᆡ셔 무엇ᄒᆞ니」

꼭 이 말이 나올 줄 알앗다. 속으로「올치. 그럴 줄 알앗지」ᄒ엿다. 그리고 어제 오셧든 이모님 입에서 나오든 말이며 경희를 보실 씩 마다 걱정ᄒ시는 큰 어머니 말슴과 모다 一致(일치)되는 것을 알앗다. ᄯᅩ 昨年(작년) 여름에 듯던 말을 금년 여름에도 듯게 되엿다. 경희의 입살은 간질간질ᄒ엿다.「먹고 입고만 ᄒ는 거시 사람이 아니라 빅호고 알어야 사롬이야요. 당신틱처럼 영감 아들간에 첩이 넷이나 잇는 것도 빅ᄒ지 못ᄒ 싸닭이고 그것으로 속을 썩이는 당신도 알지 못ᄒ 죄이야요. 그러니까 녀편네가 시집 가서 시앗을 보지 안토록 ᄒ난 것도 가라쳐야 ᄒ고 녀편네 두고 첩을 엇지 못ᄒ게 ᄒ는 것도 가라쳐야만 홉니다」ᄒ고 싶헛섯다. 이외에 여러 가지 례를 들어 셜명도 ᄒ고 싶헛섯다. 그러나 이 마님 입에서는 반드시 오날 아츰에 다녀가신 할머니의 말슴과 ㅈ혼「얘 녯날에는 녀편네가 빅ᄒ지 안아도 壽富貴多男(수부귀다남)ᄒ고 잘만 살어왓다. 녀편네는 東西南北(동서남북)도 몰나야 福(복)이 만탄다. 얘 工夫(공부)ᄒ 女學生(여학생)들도 버릐 방아만 찟케 되더라. 사닉가 첩 하나도 둘 줄 몰느면 그거시 사닉냐?」ᄒ든 말슴과 갓히 꼭 이 마님도 할줄 알앗다. 경희는 쇠 귀에 경을 읽지 ᄒ고 제 입만 압흐고 저만 오날 져녁에 ᄯᅩ 이 싱각으로 잠을 못 자게 될 거슬 싱각ᄒ엿다. ᄯᅩ 말만 시작ᄒ게 되면 답답ᄒ여서 속이 불과 갓히 탈 것 ㅈ연 오릭 동안 되면 뒷마루에서는 기다릴것을 싱각ᄒ

야 차라리 일절 입을 담을엇다. 더구나 이 마님은 입이 걸어서 한 말을 드르면 열 말쯤 그짓말을 봇틔여 女學生(여학생)의 말이라면 엇더튼지 흉만 보고 욕만 ᄒ기로는 수단이 용흔 줄을 알앗다. 그리서 이 마님 귀에는 좀체름흔 변명이라든지 설명도 조곰도 고지가 들니지 안을 줄도 짐작ᄒ엿다. 그러고 어느 썩 경희의 형님이 경희더러 「애 우리 시어머니 압헤서는 아모 말도 ᄒ지마라. 더구나 시집이야기는 일절 말아라. 女學生(여학생)들은 예사로 시집 말들을 ᄒ더라. 아이구 망칙흔 세상도 만하라. 우리 자라날 썩는 어딕가 처녀가 시집 말을 희보아 ᄒ신다. 그 쑨 아니라 여러 女學生(여학생) 흠담을 어딕 가서 그러케 듯고 오시는지 듯고만 오시면 쪽나 드르라고 빗틱노코 ᄒ시난 말슴이 정말 내 동싱이 학싱이여서 그런지 도모니 듯기 실터라. 日本(일본)가면 게집이 버리너니 별별 못 드를 말슴을 다 ᄒ신단다. 그러니 아모조록 말을 조심히라」흔 付托(부탁)을 밧은 것도 잇다. 경희는 쏘 이 마님 입에서 무슨 말이 나올가 보아 ᄆ음이 조릿조릿ᄒ엿다.

그리서 다른 말 시작되기 前(전)에 뒷마루로 다라날랴고 궁딍이가 들석들석ᄒ엿다.

「잇다가 급히 입을 오라범 속적삼을 ᄒ던 거시 잇서서 가보아야 겟습니다」

고 경희는 알튼 니가 쌔진이나 만콤 시원하게 그 압흘 면ᄒ고

뒷마루로 나서며 큰 숨을 한 번 쉬엇다.

「왜 그리 느젓소? 그리서 그 아바지를 엇더케 힛소」

오라버니딕은 그 동안 버션 한 짝을 다 기워놋코 쏘 한 짝에 압 벌을 딕이다가 경희를 보자 무릅 우에다가 놋코 밧삭 갓가이 안즈며 궁금흐든 이야기 긋츨 칫처 뭇난다. 경희의 눈쌀은 찝흐려젓다. 두 쌤이 실쥭히젓다. 시월이는 빨늬를 긔키다가 경희의 얼골을 눈결에 실적 보고 눈치를 치엿다.

「자근 아씨 서문안딕 마님이 쏘 시집 말슴을 흐시지요?」 아춤에 경희가 할머니 다녀가신 뒤에 마로에서 혼자말노 「시집을 갈 썩 가더라도 하도 여러 번 드르니싸 인졔 도모지 실어 죽겟다」 흐든 말을 시월이가 부엌에서 들엇다. 지금도 자세히는 들니지 안으나 그런 말을 흐는 것 갓힛다. 그리서 자근 아씨의 얼골이 저러케 불냥흐거니 흐엿다. 경희는 우섯다. 그러고 바누질을 붓들며 이야기 긋츨 연속흔다. 안마루에서는 如前(여전)히 두 마님은 서로 술도 전흐며 담빅도 잡수면서 경희의 말을 혼다.

「이기가 바누질을 다 히요?」

「네 바누질도 곳잘 히요. 남정의 윗옷은 못흐지요마는 제 옷은 쉬믹여 입지요」

「아이구 저런 어느 틈에 바누질을 다 빅홧서요. 양복 속적삼을 다 히요. 학싱도 바누질을 다 흐나요」

영원한 신여성
나혜석 작품집

이 마님은 果然(과연) 女學生(여학생)은 바눌을 쥐울 줄도 모로는 줄 알앗다. 더구나 경희와 갓히 셔울노 日本(일본)으로 쏘다니며 공부 혼다 ᄒ고 덜넝ᄒ고 쏙 사닌 곳흔 학싱이 제 옷을 쉬미여 입는다 ᄒᄂ 말에 놀낫다. 그러나 역시 속으로난 그 바누질 쏠이 오작할가 ᄒ엿다. 김부인은 쌀의 칭찬곳흐나 뭇난 말에 마지 못ᄒ야 ᄃ답혼다.

「어듸 바누질이나 제법 안저셔 빈홀 식나 잇나요. 그릭도 차차 철이 나면 즈연히 의사가 나ᄂ 보아요. 가라치지 아니 ᄒ익도 제 절노 쉬미게 되던구면요. 어려은 공부를 ᄒ면 의사가 틔우나보아요」

김부인은 말긋을 신엇다가 다시 말을 혼다. 이 마님 귀에ᄂ 쏙 거짓말갓다.

「양복 속 삼은 작년 여름에 南大門(남대문) 밧게셔 日女(일녀)가 와셔 가라치든 직봉틀 바누질 講習所(강습소)에를 날마다다니며 빈 핫지요. 제 죡하들의 洋服(양복)도 히셔 입히고 帽子(모자)도 히셔 씨우고 쏘 제 오라비 여름 양복신지 힛셔요. 日語(일어)를 아니까 션싱ᄒ고 친ᄒ게 되여셔 다른 사람에게ᄂ 가라쳐 주지 안ᄂ 것신지 다 가라쳐 주더리요. 낫에ᄂ 빈화가지고 와셔ᄂ 밤이면 쏙 열두시 식로 한 시신지 안져셔 빈온거슬 보고 그딕로 그리고 모다 치수를 적고 힛셔요. 나는 그게 무엇인가 ᄒ엿더니 나죵에 직봉틀 회사 감독이 와셔 그릭ᄂ딕 「이제신지 일어로만 혼 거시야셔

부인네들 가라치기에 불편ᄒ더니 짜님의 민든 칙으로 퍽 유익하게 쓰겟습니다」ᄒᄂᆫ 말에 그런 것인줄 알앗서요. 춤 가라치면 어디든지 그러케 쓸듸가 잇던구면요. 그 샌 아니라 그 졈잔은 일본 사름들의게도 엇지 존듸를 밧ᄂᆫ지 몰나요. 기 이가 왓단 말을 어듸서 드럿ᄂᆫ지 감독이 일부러 일젼에 쏘 차자왓서요. 일본서 졸업ᄒ고ᄂᆫ 긔어히 즈긔 회사의 일을 보아 달나고 ᄒ더리요. 처음에ᄂᆫ 月給(월급) 一千五百兩(일천오백냥)은 쉽듸요. 차차 올느면 三年(삼년)안에 二千五百兩(이천오백냥)은 밧ᄂᆫ다ᄂᆫ듸요. 다른 녀즈ᄂᆫ 제일 만흔 거시 七百(칠백) 쉰냥이라ᄂᆫ듸 아마 기이는 일본ᄭᅡ지 가서 공부흔 ᄭᅡ닭인가 보아요. 저것도 기 이가 지봉틀에 한 것입니다」

ᄒ며 마즌 편 벽에 유리에 늘어 걸어 노은, 압헤 물이 흘느고 뒤에 나무가 총총흔 村(촌) 景致(경치)를 턱으로 가라친다. 경희의 어머니ᄂᆫ 결코 여긔ᄉᆞᆫ지 쌀의 말을 할냐고 한 거시 아니엿다. 흔 거시 自然(자연) 月給(월급) 말ᄉᆞᆫ지 ᄒ게 된거슨 不知中(부지중)에 여긔ᄉᆞᆫ지 말ᄒ엿다. 김부인은 다른 부인ᄂᆡ들 보다 더구나 이 사돈 마님보다ᄂᆫ 훨신 開明(개명)을 흔 婦人(부인)일다. 根本(근본) 性品(성품)도 결코 남의 흉을 보ᄂᆫ 부인은 아니엿고 혹 부인ᄂᆡ들이 모혀 녀학싱의 못된 졈을 ᄯᅳᆯ니어 흉을 보던지 ᄒ면 그럿치 안타고ᄉᆞᆫ지 반듸를 흔 젹도 만흐니 이거슨 되긔 즈긔 쌀 경희를 몹시 긔특히 아ᄂᆫ ᄉᆞᆫ닭으로 녀학싱은 비누질을 못흔다든가, 쌜ᄂᆡ를 아니 흔

다든가, 살님살이를 할 줄 몰는다든가 하는 말이 모다 일부러 흉을 믿드러 말ㅎ거니 힛다. 그러나 공부히서 무엇ㅎ는지 왜 경희가 일본々지 가서 공부를 ㅎ는지 졸업을 ㅎ면 무어세 쓰는지는 역시 김부인도 다른 부인과 갓히 몰낫다. 혹 여러 부인이 모혀서 짜님은 그러케 공부를 식혀서 무엇ㅎ나요? 질문을 ㅎ면 「누가 아나요. 이 세상에는 계집이라도 빅화아 흔다니싸요」 이러케 즈긔 이들에게 늘 드러오든 말노 어물어물 뒤답을 홀 쑨이엿다. 김부인은 과연 알앗다. 공부를 만히 할스록 존딕를 밧고 월급도 만히 밧는 거슬 알앗다. 그러케 번질 — 흔 양복을 닙고 금시게줄을 느린 점잔은 감독이 조고마흔 녀자를 일부러 차자와서 절을 수업시하는 것이라든지, 종일, 한 달 三十日(삼십일)을 악을 쓰고 속을 틱이는 普通學校(보통학교) 敎師(교사)는 만ㅎ야 六百(육백) 시무냥이고 普通보통 五百兩(오백냥)인딕 「천천히 놀면서 一年(일년)에 평풍 두 짝만이라도 잘만 노하 주시면 月給(월급)은 쑥 四十圓(사십원)식은 듸리지요」 ㅎ는 말에 김부인은 과연 공부라는 거슨 쑥 히야할 것이고 ㅎ면 조곰 ㅎ는 것보다 일본々지 보닉서 식혀야만 할 거슬 알앗다. 그리고 어느 날 저녁에 경희가 「공부를 ㅎ면 만히 히야겟서요. 그릭야 남의게 존딕를 밧을 쑨와라 저도 사름 노릇을 할 것 굿히요」 ㅎ든 말이 아마 이릭서 그릿던가 보다 ㅎ엿다. 김부인은 인제붓터는 의심업시 확실히 즈긔 아들이 경희를 왜 일본々지 보니라고 익를 쓰던 것 지금 世上(세상)에는 女子(여자)도 男子(남자)와 굿히 만히 가라처야 홀 거슬 알앗다. 그러서 김부인은 이제신지 누가 「짜님은 공부를 그러케 식혀 무엇 홉니가?」 무르면 등에서 쌈이 흐르고 얼골이 벌거케 취히지며 이럴 쌔마다 아들만 업스면 곳이라도 데랴다가 시집을 보닉고 십흔 싱각도 만핫셧스나 지금 싱각호니 아달이 뒤에 잇셔서 즈긔 부부가 경희를 데려다 시집을 보닉지 못하게 흔 거시 多幸(다행)흐게 生覺(생각)된다. 그러고 지금 붓허는 누가 뭇든지 간에 녀즈도 공부를 식혀야 의사가 나서 가라 치지 아니흔 바누질도 할 줄 알고 일본신지 보닉여 공부를 만히 식혀야 존딕를 밧을 것을 분명히 셜명신지라도 할것 갓다. 그러서 오날도 사돈마님 압헤셔도 부지중 여긔신지 말을 흐는 金夫人(김부인)의 態度(태도)는 조곰도 躊躇(주저)흐는 빗도 업고 그 얼골에는 깃붐이 가득흐고 그 눈에는 「나는 이러흔 영광을 누리고 이러흔 자미를 본다」 흐는 表情(표정)이 가득흐다.

사돈 마님은 半信半疑(반신반의)로 엇더튼 슷신지 들엇다. 처음에는 물논 거짓말노 드를 쑨만 아니라, 속으로 「너는 아마 큰 게집익를 버려 노코 인제 시집 보닐 것이 걱정이니까 저러케 업는 칭찬을 흐나보구나」 흐며 이야기흐는 金夫人(김부인)의 눈이며 입을 노려보고 안젓다. 그러나 이야기가 점점 기러갈수록 그럴 듯흐다. 더구나 監督(감독)이 왓드란 말이며 尊待(존대)를 흐드란 것이며 사늬도 여간흔 郡主事(군주사)쯤은 바랄 수도 업는 月給(월급)을 二千 兩(이천냥)식지 주겟드란 말을 드를 써 는 설마 저러케식지 그짓말을 할가 흐는 싱각이 난다. 사돈 마님은 아직도 참말노는 알고 십흐지 안으나 엇썬지 김부인의 말이 그짓말 갓지는 아니 흐다. 또 벽에 걸닌 繡(수)도 確實(확실)이 自己(자기) 눈으로 볼 샌 아니라 쉴식 업시 박휘굴느는 裁縫(재봉)틀 소리가 當場(당장) 自己(자기) 귀에 들닌다. 마님 무음은 도모지 이상흐다. 무슨 큰 失敗(실패)나 흔것도 갓다. 良心(양심)은 스스로 自服(자복)흐엿다. 「늬가 녀학싱을 잘못 알아왓다. 정말 이 집 짤과 갓히 게집이도 공부를 식혀야겟다. 어서 우리 집에 가거 늬우식히든 孫女(손녀) 짤들을 늬일붓허 學校(학교)에 보늬야겟다고 꼭 결심을 흣다. 눈압히 암울암울히오고 귀가 씽 — 흔다. 아모 말 업시 눈만 껌먹껌먹흐고 안졋다. 뒤겻흐로 부러 두러오는 시원흔 바람 중에는 절믄 우숨소리가 사접시를 씌트릴만치 자미스럽게 쓰혀 드러온다.

2

「이 더운듸 자근 아씨 무얼 그러케 흐심니가?」

마루 끗헤 썩 함지를 힘 업시 노흐며 쌈을 씻는다. 얼골은 억죽
억죽 얽고 머리는 평양머리를 히서 언고 알눅달눅흔 면주 수건을
아므러케나 쓴 나이가 흔 四十(사십) 假令(가령)된 썩장사는 의례히
하로에 한 번式(식) 이 집을 들닌다.

「심심흐니까 작난 좀 흐오」

瓊姬(경희)는 압치마를 치고 마로 끗헤 서서 셧투른 칼질노 파를
쓴다.

「어느 틈에 감치 당그는 거슬 다 빈흐셧서요. 날마다 다니며 보
아야 자근 아씨는 도모지 노으시는 거슬 못 보앗습니다. 冊(책)을
보시지 안으면 글씨를 쓰시고 바누질을 아니 흐시면 저러케 김치
를 당그시고……」

「녀편네가 녀편늬 할 일을 흐는 것이 무어이 그리 신통할 것 잇
쇼」

「자근 아씨 갓흔이나 그러치 어느 女學生(여학생)이 그러케 무음
을 먹는 이가 잇나요」

썩장사는 무릅을 치며 경희의 압흐로 밧삭 앗는다. 경희는 방

굿 — 시 웃는다.

「그건 쩍장사가 잘못 안 것이지 女學生(여학생)은 사름 아니요 女學生(여학생)도 옷을 입어야 살고 음식을 먹어야 살 것 아니요?」

「아이구 그릿게 말이지요. 누가 아니리요 그러나 자근 아씨갓치 그러케 아는 녀학싱이 어듸 잇서요?」

「자 稱讚(칭찬) 만히 밧엇스니 쩍이나 한 시무냥이치 살까!」

「아이구 어멈을 저러케 아시네. 쩍 파러 먹을냐고 그런 거슨 아니야요」

변덕이 듸룩듸룩흔 두 쌤의 살이 축 처진다. 그리고 너는 나를 잘못 아는고나 ᄒᆞᄂᆞᆫ 怨罔(원망)으로 두둑흔 입셜이 쌧죽흔다. 경희는 겻눈으로 보앗다. 그 ᄆᆞᄋᆞᆷ을 짐작ᄒᆞ엿다.

「아니요. 부러 그릿지 稱讚(칭찬)을 밧으니까 조와서……」

「아니야요. 稱讚(칭찬)이 아니라 정말이야요」 다시 정다이 밧삭 안지며 허허……

너털우슘을 한 판 늬쉰다. 「정말 멧히를 두고 날마다 다니며 보아야 자근 아씨처럼 낫잠 한 번도 지무시지 안코 쏙 무엇을 ᄒᆞ시는 아씨는 처음 보앗서요」

「쩍 장사 오기 前(전)에 자고 쩍 쟝사가 가면 쏘 자는 걸 보지를 못ᄒᆞ엿지」

「쏘 저러케 우쉰 말슴을 하시네. 쩍 쟝사가 아모 쩍나 아참에도

다녀가고 낫에도 다녀가고 저녁 썩도 다녀가지 學校(학교)에 다니
는 學生(학생)갓치 時間(시간)을 맛처서 다니나요! 응? 그러치 안쇼?」
흐며 툇마루에서 밋돌에 풀 갈고 잇는 시월이를 본다. 시월이는
「그리요. 어듸가 압흐시기 前(전)에는 한 번도 낫잠 지무시는 일 업
셔요」

「여보 썩장사 썩이 다 쉬면 엇지 할나고 이러케 한가이 안저서
이야기를 흐오」

「아니 관게치 안아요」

썩 장사의 말소리는 아모 힘이 업다. 썩 장사는 이 자근 아씨가
「그리서 엇젯쇼」 흐며 밧아만 주면 이야기 할 것이 만핫다. 저의
집 썩 방아 찟튼 일군에게서 드른 요시 新聞(신문)에 어느 녀학싱
이 學校(학교) 간다고 나가서는 멧칠 아니 드러오는 고로 수식을
히보니까 어느 사니에게 꾀임을 밧아서 첩이 되엿드란 말이며,
어느 집에서는 며누리를 녀학싱을 엇어 왓더니 버선 깁는 듸 올
도 차질 줄을 몰나모다 쎗드로 되엿드란 말, 밥을 흐엿는듸 반은
틔엿드란 말, 날마다 四方(사방)으로 쏘다니며 平均(평균) 한 마듸식
들어 온 녀학싱의 흠담을 흐랴면 不知其數(부지기수)이엿다. 그리서
이러케 신이 나서 무릅을 치고 밧삭 드러 안젓섯스나, 경희의 말
딕답이 너머 冷(냉)정흐고 점잔음으로 썩 장사의 속에서 쎅처 오
르든 거시 어느 듯 거품 꺼지듯 꺼젓다. 썩장사의 ᄆᆞ음은 무어슬

일흔 것 갓치 空然(공연)히 서운흐다. 썩 바구미를 들고 이러실가 말가 하나 엇썬지 싹 이러실 수도 업다. 그리서 썩 바구미를 두 손으로 눌는 치로 안져서 모른 체 흐고 칼질흐는 경희의 모양을 아리위로 홀터도 보고 마루를 보며 선반 우에 언젼 소반의 수효도 세워 보고 精神(정신) 업시 얼 쌔진 것 굿히 안젓다.

「흰 썩 닷냥이치 흐고 기피 썩 두냥 반어치만 닉노케」

김부인은 고흔 돗자리 위에 붓치질을 흐면서 두러누엇다가 쌀 경희의 조와흐는 기피썩 흐고 아들이 잘 먹는 흰 썩을 닉노라 흐고 주머니에서 돈을 쓰닌다. 썩장사는 멀간이 안젓다가 깜작 놀나 닉노흐라는 썩 수효를 멧 번式(식) 되푸리히 세워서 닉노코는 뒤도 도라다 보지를 안코 썩 바귀미를 이우고 나가다가 다시 이 宅(대)을 오지 못흐면 썩을 못 팔게 될 生覺(생각)을 흐고 「자근 아씨 닉일 쏘 와요. 허허허」 흐며 딕門(문)을 나서서는 큰 숨을 쉬엇다. 生三八(생삼팔) 두루막이 고룸을 달고 안젓든 경희의 오라버니 딕이며 경희며 시월이며 서로 얼골들을 치여다보며 말업시 씽긋 씽긋 웃는다. 경희는 속으로 깃버흔다. 무어슬 엇은 것 갓다. 썩장사가 다시는 남의 흉을 보지 아니 하리라 生覺(생각)할 썩에 큰 教育(교육)을 흔 것도 갓다. 경희는 칼자루를 들고 안져서 무슨 生覺(생각)을 곰곰이 흔다.

「참 익이는 못 할 거시 업다」

얼골에 愁色(수색)이 가득흐야 실음업시 두 손갈 을 마조 잡고 안
젓다가 簡單(간단)히 이 말을 흐고난 다시 입을 쑥 담을며 한심을
산이 쩌지도록 쉬이는 한 녀인에게는 아모도 모로는 큰 걱정과
셜음이 잇는 것 갓다. 이 녀인은 僅(근) 二十年(이십년) 동안이나 이
집과 親(친)흐게 다니는 녀인이라 경희의 兄弟(형제)들은 아주머니라
흐고 이 女人(여인)은 경희의 兄弟(형제)를 주긔의 親(친)족하들갓치
貴愛(귀애)흔다. 그리서 심심흐여도 이 집으로 오고 속이 傷(상)할
썬에도 이 집으로 와서 웃고 간다. 그런디 이 녀인의 얼골은 항상
검은 구룸이 끼우고 조흔 일을 보던지 즐거운 일을 당흐던지 싯혜
는 반드시 휘 — 한심을 쉬우는 싸코 싸인 셜음의 原因(원인)을 알
고 보면 누구라도 同情(동정)을 아니 할 수 업다.

이 女人(여인)은 노年(년) 과부라. 남편을 일은 後(후)로 哀切(애절)
복통을 하다가 다만 滋味(자미)를 붓치고 樂(낙)을 삼는 거슨 千幸萬
幸(천행만행)으로 엇은 遺腹子(유복자) 壽男(수남)이 잇슴이라. 하로 지
나면 壽男(수남)이도 조곰 크고 한 히 지나면 壽男(수남)이가 한 살
이 는다. 겨울이면 추울가 녀름이면 더울가 밤에 자다가도 困(곤)
히 자는 壽男(수남)의 투덕투덕흔 볼기짝을 멧번식 쑤덕쑤덕흐든
世上(세상)에 둘도 업는 貴(귀)흔 아들은 어느 듯 나이 十六歲(십육세)
에 이르러 四方(사방)에서 婚姻(혼인)흐자는 말이 끈일 식 업셧다.
壽男(수남)의 어머니는 시로이 며나리를 엇어 혼즉 滋味(자미)를 볼

것이며 남편도 업시 혼자 폐빅 밧을 生覺(생각)을 ㅎ다가 자
리 속에서 눈물도 만히 흘넛다. 그러나 항여 이러케 눈물을 흘녀
貴重(귀중)흔 아들의게 사위스러올가 보아 할 수 잇는 듸로는 슯흠
을 깃붐으로 돌녀 싱각ㅎ고 눈물을 우슘으로 이룰냐 ㅎ엿다. 그
릭서 알쓸살쓸이 돈이며 픽물등속을 며누리 엇으면 줄냐고 모핫
다. 唯一無二(유일무이)의 아들을 장가듸리넌듸는 쓰리는 것도 만
코 보는 것도 만핫다. 그릭서 며누리 션을 시어머니가 보면 아들
이 가난ㅎ게 산다고 ㅎ는 고로 壽男(수남)의 어머니는 일졀 中媒(중
매)에게 밋기고 궁합이 맛는 것으로만 婚姻(혼인)을 定(정)ㅎ엿다. 식
며누리를 엇고 아들과 며누리 사이에 玉(옥)과 갓흔 손녀며 金(금)
갓흔 손子(자)를 보아 집안이 써들석ㅎ고 滋味(자미)가 퍼부울 거슬
날마다 想像(상상)ㅎ며 기다리든 며누리는 果然(과연) 오날의 이 한
심을 쉬우게 ㅎ는 원수다. 열닙곱에 시집온 後(후)로 八年(팔년)이
되도록 시어머니 조고리 하나도 쑤미여서 情多(정다)히 드려보지
못흔 철천지 한을 시어머니 가슴에 잉켜준 이 며누리라. 壽男(수
남)의 어머니는 本來(본래) 性品(성품)이 順(순)ㅎ고 德(덕)스러움으로
아모조록 이 며누리를 잘 가라치고 잘 믠들냐고 익도 無限(무한)이
쓰고 남 몰누게 腹腸(복장)도 만히 첫다. 이러면 나흘가 저러케 ㅎ
면 사름이 될가 ㅎ야 혼자 궁구도 만히 ㅎ고 타일느고 가라치기
도 數(슈)업시 ㅎ엿스나 어졔가 오날갓고 닉일도 일반이라. 바눌을

쥐어주면 곳 졸고 안젓고 밥을 하라면 죽은 쑤어 노으나 거긔다가 나이가 먹어 갈수록 모음만 엉쑹히 가는 거슨 더구나 사름을 기가 막키게 혼다. 이러호니 써로 속이 傷(상)호고 날노 기가 막히는 壽男(수남)의 어머니는 이 집에 올 써마다 이 집 며누리가 시어머니 져구리를 얌전히 호는 거슬 보면 나는 이 며누리 손에 저러케 져구리 한아도 엇어 입어 보지를 못호나 호며 한심이 나오고 경희의 부즈런호 거슬 볼 써에 나는 왜 져런 민첩호 며누리를 엇지 못 호엿는가 호며 한심을 쉬우는 거슨 즈연호 人情(인정)이리라. 그럼으로 이러케 멀건이 안져서 경희의 김치 당그는 양을 보며 쏘 썩 장사가 한참 써들고 간 뒤에 간단호 이 말을 호는 긋헤 한심을 쉬우는 그 얼골은 참아 볼 수가 업다. 머리를 숙이고 골몰이 칼질 호든 경희는 임의 이 아주머니의 설음의 原因(원인)을 아는 터이라 그 한심소리가 들니자 왼 몸이 씨르르호도록 同情(동정)이 간다. 경희는 이 刺戟(자극)을 밧는 同時(동시)에 이와 갓치 朝鮮(조선) 안에 여러 不幸(불행)호 家庭(가정)의 形便(형편)이 方今(방금) 제 눈압헤 보이는 것 굿하다. 힘 잇게 칼자로로 도마를 탁 치는 경희는 무슨 큰 決心(결심)이나 호는 것 갓다. 경희는 굿게 盟誓(맹서)호엿다. 「내가 가질 家庭(가정)은 決(결)코 그런 家庭(가정)이 아니다. 나 쑨 아니라 내 子孫(자손), 내 親舊(친구), 내 門人(문인)들의 민들 家庭(가정)도 決(결)코 이러케 不幸(불행)호게 호지 안는다. 오냐 내가 쏙 한다」 호였다. 경희는 ○층 쒼다. 안 부엌에서 쌈을 쌜쌜 흘니며 풀 쑤는 시월이를 짜러간다.

「얘 나흐고 하자. 붓쓰막에 올나 안저서 풀막듸이로 졀냐? 아궁이 압헤 안저서 씌울냐? 엇던 거슬 흐엿스면 좃켓니? 너 하라는 듸로 할 터이니, 두가지를 다 할 줄 안다」

「아이구 고만 두서요, 더운듸」

시월이 는 더운듸 혼자 풀을 져면서 불을 씌너라고 슁슁흐든 中(중)이다.

「아이구 이년의 八字(팔자)」恨歎(한탄)을 흐며 눈을 멀건이 쓰고 밀집을 싀러 씌고 안젓든 씌라, 자근 아씨의 이 말 혼 마듸는 더운 中(중)에 바람 갓고 괴로움에 우슴일다. 시월이는 속으로 「저녁 진지에는 자근 아씨의 질기시는 옥수수를 어듸가서 맛잇는 거슬 엇어다가 씌서 듸려야겟다」 흐엿다. 마지 못흐야.

「그러면 불을 씌서요. 제가 풀은 져울 거시니……」

「그리 어려온 거슨 오리동안 졸업혼 네가 히라」

경희는 불을 씌우고 시월이는 풀을 젓는다. 위에서는 「푸푸」 「부굴부굴」 흐는 소리, 아리에서는 밀집의 탁탁 튀는 소리 마치 경희가 東京(동경) 音樂學校(음악학교) 演奏會席(연주회석)에서 듯던 管絃樂奏(관현악주) 소리 갓기도 흐다. 쏘 아궁이 져 속에서 밀집 싯헤 불이 딩기며 漸(점)점 불빗이 强(강)흐고 번지는 同時(동시)에 차차 아궁이신지 갓가와지자 또 漸(점)점 불꼿이 弱(약)히져 가는 것은 마치 피아노 져 솟헤서 이 솟신지 칠쌔에 붕붕흐던 것이 漸(점)점 쎵쎵흐도록 되는 音律(음률)과 갓히 보힌다. 熱心(열심)으로 젓고 안진 시월이는 이러흔 滋味(자미)스러운 거슬 몰누겟고나 흐고 제 싱각을 흐다가 져는 조곰이라도 이 妙(묘)한 美感(미감)을 늣길 쥴 아는 거시 얼마콤 幸福(행복)하다고도 싱각흐엿다. 그러나 져보다 멋 十百倍(십백배) 妙(묘)흔 美感(미감)을 늣기는 者(자)가 잇스려니 싱각할 쌔에 제 눈을 쎅여 바리고도 십고 제 머리를 쑤듸려 바치고도 십다. 쌜건불꼿이 별안간 파란 빗으로 變(변)흔다. 아 ─ 이것도 사름인가, 밥이 앗갑다 흐엿다. 경희는 不知中(부지중) 「滋味(자미)도스럽다」 흐엿다.

「듸체 자근 아씨는 별것도 다 자미잇다고 흐십니다. 쌜늬흐면 씨국물 흐르는 것도 滋味(자미)잇다 흐시고, 마로 걸늬질을 치시면, 아직 안친 한 편 쪽 마루의 쌕연 거시 보기 滋味(자미)잇다 흐시고, 마당을 쓸면 틔끌 만하지는 것이 滋味(자미)잇다 흐시고, 나종에는 무엇신지 滋味(자미)잇다고 흐실는지 뒤간에 구덱이 쓸는 것은 滋味(자미)잇지 안으서요?」

경희는 속으로 「오냐. 물논 그것신지 滋味(자미)잇게 보여야 할 거실다. 그러나 늬 눈은 언제나 그러케 밝아지고 내 머리는 어느 쌔나 거긔신지 發達(발달)될는지 불상흐고 寒心(한심)스럽다」 흐엿다.

「애 그런듸 말끗이 나왓스니까 말이다. 쌜닉 언제 ᄒ니?」

「왜요? 모릭ᄂᆞᆫ 히야겟서요」

「그러면 저녁쩍 늣지?」

「아마 느질 걸이요!」

일즉 이 나더라도 「ᄀᆞᆺ 기천에 겨 살아라. 그러면 것ᄂᆞᆫ방 아씨ᄒ고 져녁히 놀 터이니 늣게 드러와서 잡ᄉᆞᄋᆞ리. 닉 손으로 ᄒᆞᆫ 밥맛이 엇던가 보아라 히히히」

시월이도 갓치 웃ᄂᆞᆫ다. 엇제면 사름이 저러케 人情(인정)스러운가 ᄒᆞᆫ다. 누가 나 먹으라고 단 참외나 주엇스면 져 자근 아씨 갓다 듸리게 속으로 혼자말을 ᄒᆞᆫ다. 果然(과연) 시월이ᄂᆞᆫ 이러케 고마운 소리를 드를 쩍마다 惶悚(황송)스러워 엇지 할 수가 업다. 그리서 입이 잇스나 엇더케 말할 줄도 모로고 다만 자근 아씨의 잘 먹ᄂᆞᆫ 果實(과실)은 아ᄂᆞᆫ지라, 제게 돈이 잇스면 사다가라도 듸리고 십흐나 돈은 업슴으로 사지ᄂᆞᆫ 못ᄒ되 틈틈이 어듸가서 옥수수며 살구ᄂᆞᆫ 곳잘 求(구)ᄒᆞᆫ다가 듸렷다. 이러케 경희와 시월이 ᄉᆞ이ᄂᆞᆫ ᄉᆞ이가 조흘 샌 外(외)라 이번에 경희가 日本(일본)서 올 쩍에 시월의 자식 點童(점동)이게ᄂᆞᆫ 큰 듸 익기네들보더 더 조흔 作亂(작난)감을 사다가 준 거슨 시월의 쌔가 녹기 前(전) ᄉᆞᆫ지ᄂᆞᆫ 잇즐 수가 업다.

「애, 그런데 너와 일할 것이 꼭 하나 잇다」

「무엇이야요?」

「글세 무어시든지 내가 하자면 ᄒ겠니?」

「암을얌요. ᄒ지요!」

「너 왜 그러케 우물 쭈덩을 더럽게 ᄒ놋니? 도모지 더러워 볼 수가 업다. 그러니 내일붓허 설음질 뒤에는 ᄯᅩᆨ 날마다 나ᄒ고 우물 쭈덩을 치우자 너 혼자만 하라는 거슨 아니다. 그러케 ᄒ겟니?」

「네. 제가 혼자 날마다 치우지요」

「아니. 나ᄒ고 갓치 히…… 滋味(자미)스럽게 하하하」

「ᄯᅩ 滋味(자미)요? 하하하하」

부억이 써들석하다. 안마루에서 드르시든 경희 어머니는 ᄯᅩ 우슴이 始作(시작)되엿군 하신다.

「아이 무어시 그리 우순지 기ᄋᆡ가 오면 밤낫 셋이 몰겨 다니며 웃는 소리 도모지 살는히 못견듸겟서요. 젊어슬 썩는 말똥 구르는 거시 다 우습다더니 그야말노 그런가 보아요」

壽男(수남) 어머니에게 對(대)ᄒ야 말을 ᄒ다.

「웃는 것 밧게 조흔 거시 어듸 잇습니가. 듸에를 오면 산 것 갓습니다」

壽男(수남) 어머니는 ᄯᅩ 휘…… 한심을 쉰다. 마루에 혼자 써러져 바누질ᄒ든 것는 방 싀씨는 우슴 소리가 들니자 한 발에 신을 신고 한 발에 집신을 쓸며 부억 문지방을 드러시며.

「무슨 이야기오? 나도……」 ᄒ다.

3

「마누라 지무시오?」

李鐵原(이철원)은 사랑에서 드러와 안방 문을 열고 경희와 김부인 자는 모긔장 속으로 드러신다. 김부인은 쌈작 놀라 니러 안는다.

「왜 그러서요 어듸가 便(편)치 안으서요?」

「아 — 니, 空然(공연)히 잠이 아니 와서……」

「왜요?」

이 씩에 마로 壁(벽)에 걸닌 自鳴鐘자명종은 한 번을 쎙 친다.

「두러 누어서 곰곰 싱각을 ᄒ다가 마누라ᄒ고 議論(의논)을 하러 두러 왓소!」

「무얼이오?」

「경희의 婚姻(혼인) 일 말이오. 도모지 걱정이 되어 잠이 와야지」

「나 역 그리요」

「이번 婚處혼처는 쏙 놋치지를 말고 히야지. 그만한 곳 업소. 그 新郞(신랑) 아버지 되는 者(자)고난 前(전)붓허 익슉히 아는 터이 니까 다시 알아볼 것도 업고 當者(당자)도 그만 ᄒ면 쓰지 別(별) 兒孩(아해) 어듸 잇다 長子(장자)이니까 그 만흔 財産(재산) 다 相續(상속) 될 터이고 쏘 경희는 그런 大家(대가)집 맛며누리감이지……」

「글세 나도 그만한 婚處(혼쳐)가 업는 줄 알지마는 제가 그러케 열길이나 쮜고 실틔는 거슬 엇더케 흔단 말이요. 그러케 실타고 흐는 거슬 抑制(억제)로 보뉘엿다가 나종에 不吉(불길)흔 일이나 잇스면 子息(자식)이라도 그 怨罔(원망)을 엇더케 듯잔 말이오……」

「아…… 니 不吉(불길)할 일이 잇슬 까닭이 잇나. 人品(인품)이 그만 흔것다. 秋收(추수)를 數千石(수천석)흐겟다. 그만흐면 고만이지. 그러면 엇더케 흐잔 말이오. 게집이가 열 아홉 살이 적소?」

金夫人(김부인)은 잠잠이 잇다. 李鐵原(이철원)은 혀를 툭툭차며 後悔(후회)를 흔다.

「내가 잘못이지 게집이를 일본까지 보뉘다니. 게집이가 시집가기를 실타니. 그런 망칙흔 일이 어듸 잇서 남이 알가 보아 무섭지. 발서 適合(적합)흔 婚處(혼쳐)를 몃 군듸를 놋첫스니 엇더케 흐잔 말이야! 아이……」

「그러면 婚姻(혼인)을 언제로 흐잔 말이오?」

「져만 對答(대답)흐면 只今(지금)이라도 곳 흐지 오날도 직축 片紙(편지)가 왓는듸…… 已往(이왕)게집이라도 그만치 가라쳐 노앗스니까 넷날처럼 父母(부모)끼리로 할 수는 업고 흐서 발서 사흘씩 불너다가 타일느나 도모지 말을 드러먹어야지. 게집년이 되지 못흔 固執(고집)은 왜 그리 시운지 新郎(신랑) 三寸(삼촌)은 긔어히 족하 며누리를 삼아야겟다고 몃 번을 그릐는지 모로는듸……」

「그리 무엇이라고 對答(대답)ᄒ셧소?」

「글세 남이 붓그럽게 게집이더러 무러 본다나, 무엇이라나 그리지 안아도 큰 게집이를 일본까지 보닛너니 엇더니 ᄒ고 욕들을 ᄒ는딕 그리셔 싱각히 본다고 힛지」

「그러면 거긔셔는 기다리겟소 그리」

「암. 그게 발셔 올 正月(정월)붓히 말이 잇던 것인딕 동닉집 시악씨 밋고 장가 못간다더니……」

「아이 그러면 速(속)히 左名(좌명) 間(간) 決定(결정)을 닉여겟는딕 엇더케 ᄒ나 져난 긔어히 하든 工夫(공부)를 맛치기 前(젼)에는 죽여도 시집은 아니 가겟다 ᄒ는딕 그리고 더구나 그런 富者(부자) 집에 가셔 치마 자락 느리고 십흔 무음은 숨에도 업다고 ᄒ다오. 그리셔 제 동싱 시집 갈 썩도 제것으로 히노은 고운 옷은 모두 주엇습넨다. 비단 치마 속에 근심과 셜음이 잇너니라고 ᄒ다오. 그 말도 올킨 올어」

金夫人(김부인)은 自己(자기)도 남 부럽지 안케 이제것 富貴(부귀)ᄒ게 살아왓스나 自己(자기) 남편이 졀머슬 썩 放蕩(방탕)ᄒ여셔 속이 傷(상)ᄒ든 일과 鐵原(철원) 郡守(군수)로 갓슬 썩도 妾(첩)이 두셋식되여 남 몰닉 속이 썩든 生覺(생각)을 ᄒ고 경희가 이런 말을 할 썩마다 말은 아니ᄒ나 속으로 짜는 네 말이 올타 ᄒ 젹이 만핫다.

「아이 아니 써운 년 그릭기에 게집이를 가라치면 건방져셔 못

쓴다는 말이야…… 아직 철을 몰너서 그럿치…… 글세 그것도 그럿치 안소 오작 흔 집에서 婚姻(혼인)을 씍구로 흔단 말이오. 金判事(김판사) 집도 우리 집 內容(내용)을 다 아는 터이니까 婚姻(혼인)도 흔자지 누가 씍구로 婚姻(혼인)흔 집 시익씨를 데려 갈냐겟소 아니 이번에느 쏙 히야지……」

夫人(부인)의 말을 드르며 그럴 듯흐게 生覺(생각)흐든 李鐵原(이철원)은 이 씍슉로 婚姻(혼인)흔 生覺(생각)을 흐니 ᄆ음이 急(급)작히 조려진다. 그리고 싱각할스록 이번 金判事(김판사)집 婚處(혼처)를 놋치면 다시는 그런 門閥(문벌)잇고 財産(재산)잇는 婚處(혼처)를 엇을 수가 업는 것 갓다. 그리서 두 말할 것 업시 이番(번) 婚姻(혼인)은 强制(강제)로라도 식힐 決心(결심)이 이러난다. 李鐵原(이철원)은 벌쩍 이러선다.

「계집익가 工夫(공부)는 그러케 히서 무엇히? 그만치 알앗스면 고만이지 일본은 누가 쏘 보늬기는 하구? 이번에는 無關(무관)늬지 긔어히 그 婚處(혼처)흐고 히야지, 늬일 쏘 한 번 불너다가 아니 듯거든 쏘 무를 것 업시 곳 히버려야지……」

怒氣(노기)가 가득흐다. 金夫人(김부인)은 「그러케 흐시오」라든지 「마시요」라든지 무어시라고 對答(대답)흘 수가 업다. 다만 실엄업시 自己(자기)가 風病(풍병)으로 누울 씨마다 경희를 시집 보늬기 전에 도라갈가 보아 아실아실흐든 싱각을 흐며

「싸는 하나 남은 경희를 마저 내 生前(생전)에 시집을 보닉 노아야 내가 죽어도 눈을 감겟느딕」 홀 쑨이다.

李鐵原(이철원)은 이러시다가 다시 안지며 나직한 소리로 뭇는다.

「그런딕 日本(일본) 보닉서 버리지는 아는 貌樣(모양)이오?」

「아니요. 그 前(전)보다 더 부리전히 젓셔요. 아츰이면 第一(제일)몬저 이러납넨다. 그릭서 마루 걸닉질이며 미당이며 멀거케 치여 놋치요. 그 쑨인가요. 쩍허면 쩍방아 다 찟토록 체질히주기…… 그릭게 시월이는 조와져 죽겟다지요……」

金夫人(김부인)은 果然(과연) 경희의 날마다 일흐는 거슬 볼 씩마다 큰 安心(안심)을 漸漸(점점)차잣다. 그거슨 경희를 日本(일본) 보닉 後(후)로는 남들이 非難(비난)홀 씩마다 입으로는 말을 아니 흐나 恒常(항상) 무음으로 念慮(염려)되는 거슨 경희가 萬一(만일)에 日本(일본)싴지 工夫(공부)를 갓다고 난 체를 흔다든지 工夫(공부)흔 威勢(위세)로 산이갓치 안저서 먹자든지 흐면 그 쏠을 엇더케 남이 붓그러워 보잔 말인고 흐고 未嘗不(미상불) 걱정이 된 거슨 어머니된 者(자)의 쌀을 사랑흐는 自然(자연)흔 情(정)이라. 경희가 일본日本서 오든 그 잇흔날 붓허 압치마를 치고 부억으로 드러갈 씩에 오린간만에 쉬우러 온 쌀이라 말니기는 흐엿스나 속으로는 큰 숨을 쉬울 만치 安心(안심)을 엇은 거시다. 경희 家族(가족)은 누구나 다 아는 바와 갓히 경희의 마루 걸네질, 다락 벽장 치움싴는 前(전)붓

허 有名(유명)호엿다. 그리셔 경희가 서울 學校(학교)에 잇슬 쩌 一年
(일년)에 세 번式(식) 休暇(휴가)에 오면 依例의례히 다락 벽장이 속속
싯지 沐浴(목욕)을 호게 되엿다. 또 金夫人(김부인)의 무음에도 경희
가 치우지 안으면 아니 맛도록 되엿다. 그리셔 다락이 지져분호다
든지 벽장이 어수선호게 되면 발서 경희의 올날이 멋칠 아니 남은
거슬 안다. 그리고 경희가 집에 온 그 잇흔날은 경희를 보러 오는
四寸(사촌) 형님들이며 할머니, 큰어머니는 한 번式(식) 열어보고
「다락, 벽장이 粉(분)을 발낫고나」 호시고 「찌긋호기도 호다」 호시며
稱讚(칭찬)을 호시셧다. 이거시 경희가 집에 가는 그 前(전)날 밤붓
허 깃버호는 것이고 경희가 집에 온 第一(제일)의 標蹟표적이엿다.
金夫人(김부인)은 이번에 경희가 日本(일본)셔 오면 年(년)년 세번式(식)
沐浴(목욕)을 식혀주든 다락 벽장도 치여주지 아니 훌줄만 알앗다.
그러나 경희는 如前(여전)히 집에 到着(도착)호면셔 父母(부모)님의게
인스 엿줍고는 첫 번으로 다락 벽장을 열엇다. 그리고 그 잇흔날
終日(종일) 치웟다. 그런듸 이번 경희의 掃除소제 方法(방법)은 前(전)
과는 全(전)혀 달느다. 前(전)에 경희의 掃除(소제) 方法(방법)은 機械
的(기계적)이엿다. 東(동)쪽에 노핫든 祭器(제기)며 西(서)쪽 壁(벽)에 걸
닌 표주박을 씰고 문질너셔는 그 노핫든 자리에 그듸로 노흘 줄
만 알앗다. 그리셔 잇던 검의줄만 업고 싸혓든 몬지만 터르면 이
거시 掃除(소제)인 줄만 알앗다. 그러나 이번 掃除法(소제법)은 달느

다. 建造的(건조적)이고 應用的(응용적)이다. 家庭學(가정학)에서 빈흔 秩序(질서), 衛生學(위생학)에서 빈흔 整理(정리) 匹 圖畵(도화) 時間(시간)에 빈흔 色(색)과 色(색)의 調和(조화), 音樂(음악) 時間(시간)에 빈흔 長短(장단)의 音律(음률)을 利用(이용)ᄒ야 只今(지금)신지의 位置(위치)를 全(전)혀 쓰더 고치게 된다. 磁器(자기)를 陶器(도기) 엽헤다도 노하 보고 七疊(칠첩) 반상을 漆器(칠기)에도 담아본다. 주발 밋헤는 주발보다 큰 사발을 밧처도 본다. 흰 銀(은)징반 위로 노로소름흔 종골방아치도 느려본다. 큰 항아리 다음에는 甁(병)을 논는다. 그러고 前(전)에는 컹컴흔 다락 속에서 몬지 닉암시에 눈쌀도 씹흐렷슬 샌 外(외)라 終日(종일) 쌈을 흘니고 掃除(소제)ᄒᄂᆫ 거슨 家族(가족)의게 드를 稱讚(칭찬)의 報酬(보수)를 밧을냐 흠이엿다. 그러나 이번에는 이것도 달느다. 경희는 컹컴흔 속에서 제 몸이 이리져리 運動(운동)케 되ᄂᆫ 거시 如干(여간) 滋味(자미)스럽게 生覺(생각)지 안앗다. 일부러 비싸루를 놋코 쥐쏭을 집어 닉암시도 맛하 보앗다. 그러고 경희가 終日(종일) 일ᄒᄂᆫ 거슨 아모 바라ᄂᆫ 報酬(보수)도 업다. 다만 제가 져 할 일을 ᄒᄂᆫ 것 박게 아모 것도 업다. 이러케 경희의 一動(일동) 一靜(일정)의 內幕(내막)에는 自覺(자각)이 生(생)기고 意識的(의식적)으로 되ᄂᆫ 同時(동시)에 外形(외형)으로 活動(활동) 할 일은 썩로 만하진다. 그리서 경희는 할 일이 만타 萬一(만일) 경희의 親(친)흔 동모가 잇서서 경희의 할 일 中(중)에 하나라도 히준다 히면 비록 그 物件(물건)이 경희의 손에 잇다 ᄒ더라도 그거슨 경희의 것이 아니라 동모의 것일다. 이럼으로 경희가 조흔 거슬 갓고 십고 남보다 만히 갓고 십흘진된 경희의 힘으로 能(능)히 할 만한 일은 항여나 털긋만흔 일이라도 남더러 히달나고 할거시 아닐다. 조곰이라도 남의게 쎅앗길 거시 아닐다. 아아 多幸(다행)일다. 경희의 넙적 다리에는 살이 쪗고 팔둑은 굴다. 경희는 이 살이 다 쌔져서 거를 수가 업슬 쎅까지 팔둑이 힘이 업서 느러질 쎅신지 할 일이 無限(무한)일다. 경희의 가질 物件(물건)도 無數(무수)ᄒ다. 그럼으로 낫잠을 한 번 자고나면 그 時間(시간) 자리가 完然(완연)히 턱이 난다. 終日(종일) 일을 ᄒ고 나면 경희는 반드시 조곰式(식) 자리난다. 경희의 갓ᄂᆫ 거슨 하나式(식) 느러간다. 경희는 이러케 아츰붓허 저녁신지 엇기 爲(위)ᄒ야 자라갈 慾心(욕심)으로 제 힘껏 일을 ᄒ다.

李鐵原(이철원)도 自己(자기) 쌀의 일ᄒᄂᆫ 거슬 날마다 본다. 쏘 속으로 긔특ᄒ게도 역인다. 그러나 이러케 自己(자기) 夫人(부인)에게 무러본 거슨 李鐵原(이철원)도 亦是(역시) 金夫人(김부인)과 갓히 경희를 自己(자기) 아들의 勸告(권고)에 못 익이여 日本(일본)신지 보닉엿스나 恒常(항상) 버릴가 보아 念慮(염려)되든 거슨 事實(사실)이엿다. 그럼으로 오날 져녁에 夫婦(부부)가 안저서 婚處(혼처)에 對(대)흔 걱정이라든지 그이 버릴가 보아 念慮(염려)ᄒ든 거슬 安心(안심)ᄒ는 父

母(부모)의 愛情(애정)은 그 두 얼골에 씌운 우슴 속에 가득ᄒ다. 아모러ᄒᆫ 知友(지우)며 兄弟(형제)며 孝子(효자)인들 엇지 이 父母(부모)가 念慮(염려)ᄒ시ᄂᆫ 念慮(염려) 깃버ᄒ시ᄂᆫ 참깃붐갓흐리오. 李鐵原(이철원)은 婚姻(혼인)ᄒ자고 할곳이 업슬가 보아 밧싹 조엿든 ᄆ음이 조곰 누구러젓다. 그러나 마루로 나려시며 마른 기침 한 번을 ᄒ며 「내일은 世上(세상) 업서도 ᄒ여야지」ᄒᄂᆫ 決心(결심)의 말은 누구의 命令(명령)을 가지고라도 能(능)히 씩틔릴 수 업슬 것 가치 보힌다.

ᄉ벽 닭이 새 늘을 告(고)ᄒ다. 싸마튼 밤이 白色(백색)으로 활작 열닌다. 同窓(동창)의 障紙(장지) 한 편이 次(차)차 밝아오며 모긔張(장)ᄒᆫ 싯흐로 붓허 漸(점)점 연두식을 물되린다. 곤히 자든 경희의 눈은 씌웟다. 경희는 쏘 오날 終日(종일)의 제 일을 始作(시작)ᄒᆯ 깃붐에 醉(취)ᄒ야 벌썩 이러나서 방을 나신다.

4

썩는 正(정)이 午正(오정)이라. 안마루에서는 덤심상이 버려젓다. 경희는 舍廊(사랑)에서 드러온다. 시월이며 거는방 형님은 간절히 졈심 먹기를 勸(권)ᄒ나 드른 채도 아니ᄒ고 골방으로 드러시며 四方(사방) 房門(방문)을 쪽쪽 닷는다. 경희는 흠흠늣겨 운다. 방바닥에 업듸리기도 ᄒ다가 이러 안기도 ᄒ고 쏘 이러서서 壁(벽)에다 머리를 부듸친다. 기둥을 불쓴 안고 핑핑 돈다. 경희는 엇지 할 줄 몰나 쩔쩔민다. 경희의 조고 마흔 가심은 불갓히 타온다. 걸닌 手巾(수건) 자락으로 눈물을 씨스며 이짜금 ᄒ는 말은

「아이구 엇지 ᄒ나……」 할 쑨이다. 그러고 이 집에 잇스면 밥이 업서지고 옷이 업서질 터이니까 나를 어서 다른 집으로 쫏칠냐나 보다. ᄒ는 怨罔(원망)도 生(생)긴다. 마치 이 넓고 넓은 世上(세상) 우에 제 조고마흔 몸을 둘 곳이 업는 것 갓치도 싱각난다. 이런 쓸듸업고 주제시러운 거시 왜 싱겨낫나 홀 썩마다 싣쳣든 눈물은 다시 비오듯 쏘다진다. 누가 와서 萬一(만일) 말닌다 ᄒ면 그 사름하고 쌋홈도 할 것 갓다. 그러고 그 사름의 머리를 한 번에 잡아 쏟불 것도 갓고 그 사름의 얼골에서 피가 닝물과 갓히 흐르도록 박박 할퀴고 쥐여트들 것도 갓다. 이러케 四方(사방) 窓(창)이 쪽쪽

닷친 조고마흔 어둠침침흔 골방 속에서 이리 부딋고 저리 부딋는 경희의 運命(운명)은 엇더흔가!

경희의 압혜는 只今(지금) 두 길이 잇다. 그 길은 희미흐지도 안코 쏘렷흔 두 길일다. 한길은 쌀이 穀間(곡간)에 싸히고 돈이 만코 貴(귀)염도 밧고 사랑도 밧고 밟기도 쉬울 黃土(황토)요 가기도 쉽고 찻기도 어렵지 안은 坦(탄)탄大路(대로)일다. 그러나 한 길에는 제 팔이 압흐도록 버리방아를 씨여야 겨오 엇어 먹게 되고 終日(종일) 쌈을 흘니고 남의 일을 히주어야 겨오 멋푼돈이라도 엇어 보게 된다. 이르는 곳마다 賤待(천대)뿐이오 사랑의 맛은 쑴에도 맛보지 못할 터이다. 발쌕리에서 피가 흐르도록 험흔 돌을 밟아야 흔다. 그 길은 쑥 써러지는 絶壁(절벽)도 잇고 날카라운 山頂(산정)도 잇다. 물도 건너야 흐고 언덕도 넘어야 흐고 數(수)업서 소부러진 길이요 갈수록 險(험)흐고 찻기 어려온 길일다. 경희의 압해 잇는 이 두 길 中(중)에 하나를 오날 擇(택)히야만 흐고 只今(지금) 꼭 定(정)히야 흔다. 오날 擇(택)한 以上(이상)에는 늬일 밧글 수 업다. 只今(지금) 定(정)흔 무음이 잇짜가 急變(급변)홀 理(리)도 萬無(만무)흐다. 아아 경희의 발은 이 두 길 中(중)에 어느 길에 늬노아야 홀가. 이거슨 敎師(교사)가 가라칠 것도 아니고 親舊(친구)가 잇서서 忠告(충고)흔덕도 쓸듸업다. 경희 제 몸이 져 갈 길을 擇(택)흐야만 그거시 오린 維支(유지)할 것이고 제 精神(정신)으로 흔 거시라야 變更(변경)이 업

슬 터이다. 경희는 쏘 한 번 머리를 부뒷고 「아이구 엇지ᄒ면 조흔
가!」 흔다.

경희도 女子(여자)다. 더구나 朝鮮社會(조선사회)에서 사라온 女子
(여자)다. 朝鮮(조선) 家庭(가정)의 因襲인습에 파뭇친 女子(여자)다. 女
子(여자)라ᄂ 溫良柔順(온량유순)히야만 쓴다는 社會(사회)의 面目(면목)
이고 女子(여자)의 生命(생명)은 三從之道(삼종지도)라는 家庭(가정)의
敎育(교육)일다. 니러실냐면 壓迫(압박)ᄒ랴는 周圍(주의)요 움직이면
四方(사방)에서 드러오ᄂ 辱(욕)이다. 多情(다정)ᄒ게 손 붓잡고 忠告
(충고)주는 동모의 말은 열 사름 한 입갓치 「便(편)ᄒ게 前(전)과 갓히
살다가 죽읍세다」 흠일다. 경희의 눈으로ᄂ 비단옷도 보고 경희의
입으로ᄂ 藥食(약식) 煎骨전골도 먹엇다. 아아 경희는 어느 길을 擇
(택)ᄒ여야 當然(당연)흔가? 엇더케 살아야만 조흔가? 마치 갈가에
탄평으로 몸을 느려 기어가든 빅암의 쏭지를 집힝이 긋으로 조곰
근듸리면 느러젓든 몸이 밧싹 옥으러지며 눈방울이 듸룩듸룩 ᄒ
고 쏴족흔 혀를 毒氣(독기)잇게 자조 닉미ᄂ 貌樣(모양)갓치 이러흔
싱각을 할 씨마다 경희의 몸에 믿달닌 두 팔이며 느러진 두 다리
가 밧싹 가슴 속으로 빅속으로 옥으라 드러온다. 마치 어느 作亂
(작란)감 商店(상점)에 노은 듸가리와 몸뎅이 쑨인 作亂(작란)감갓치
된다. 그리고 十三貫(십삼관)의 体重(체중)이 急(급)작이 白紙(백지) 한
장 만치 되여 바람에 날니ᄂ 것 갓다. 쏘 머리 속은 져도 알만치

○ㅎ·고서 ─ 늘히진다. 눈도 깜작으릴 쥴 몰누고 壁(벽)에 구멍이
라도 쑤를 것 갓다. 등에는 쌈이 흠썩 괴이고 四指(사지)는 죽은
사름과 갓히 차듸 차다.

「아이구 엇지 ㅎ면 조흔가!」

경희는 벙어리가 된 것 갓다. 아모말도 할 쥴 몰누고 쏙 한마듸
할 쥴 아는 말은 이 말 쑨일다.

경희는 제 몸을 만져 본다. 왼 편 손목을 바른 便(편) 손으로, 바
른 便(편) 손목을 왼 便(편) 손으로 쥐여본다. 머리를 흔들어도 본
다. 크지도 안코 조고마흔 이 몸…… 이 몸을 엇더케 서야 홀가.
이 몸을 어듸로 向(향)ㅎ여야 조흔가…… 경희는 다시 제 몸을 위
에서붓허 아리신지 홀터본다. 이 몸에 비단 치마를 느리고 이 머
리에 翡翠玉簪(비취옥잠)을 쏘져 볼가 大家宅(대가댁) 맛매누리 얼마
나 威嚴(위엄)스러울가. 싀이기 싀싁씨 노름이 얼마나 滋味(자미) 잇
슬가? 媤父母(시부모)의 사랑인들 얼마나 만흘가. 只今(지금) 이러케
賤童(천동)이든 몸이 父母(부모)님의게 얼마나 貴(귀)염을 밧을가. 親
戚(친척)인들 오작 부러워ㅎ고 우러러 볼가. 잘못ㅎ엿다. 아아 잘못
ㅎ엿다. 왜 아바지가 「정(定)ㅎ자」 ㅎ실 쩍에 「네」 ㅎ지를 못ㅎ고
「안되요,」 힛나, 아아 왜 그릿나, 엇더케 할냐고 그러케 對答(대답)
을 ㅎ엿나! 그런 富貴(부귀)를 왜 실타고 힛나, 그런 자리를 놋치면
나중에 엇지 ㅎ잔 말인가. 아바지 말씀과 굿히 苦生(고생)을 몰나

그런가 보다. 철이 아니 나셔 그런가 보다. 「나종에 後悔(후회)ᄒ리라」 ᄒ시더니 발셔 後悔莫及(후회막급)인가 보다. 아아 엇지 ᄒ나 써가 더듸기 前(전)에 只今(지금) 舍廊(사랑)에 나가셔 아바지 압혜 自服(자복)할가 보다. 「제가 잘못 生覺(생각)ᄒ엿습니다」고 그러케 할가? 아니다. 그러케 할 터이다. 그거시 適當(적당)ᄒ 길일다. 그러고 구치 안은 工夫(공부)도 고만 둘 터이다. 가지 말나시는 日本(일본)도 또 다시 아니 가겟다. 이 길인가 보다. 이 길이 밟을 길인가 보다. 아 그러케 定(정)ᄒ자 그러나⋯⋯

「아이구, 엇지ᄒ면 됴흔가⋯⋯」

경희의 눈은 말쏭ᄒ 하다. 全身(전신)이 千斤萬斤(천근만근)이나 되도록 무거워젓다. 머리 위에는 큰 銅鐵(동철) 투구를 들씨운 것 갓치 무겁다. 옥으려젓든 두 팔 두 다리는 어느덧 나와서 척 느러젓다. 도로 全身(전신)이 옥으라진다. 엇지 할냐고 그런 大胆(대담)스러온 對答(대답)을 ᄒ엿나 ᄒ고 아바지가 「게집이라는 거슨 시집가셔 아들 쌀 낫코 嬸父母(시부모) 섬기고 남편을 恭敬(공경)ᄒ면 그만이니라」ᄒ실 써에 「그거슨 녯날 말이야요. 只今(지금)은 게집이도 사름이라 희요. 사름인 以上(이상)에는 못할 거시 업다고 희요. 사늬와 ᄀ치 돈도 버를 수 잇고 사늬와 ᄀ치 벼슬도 할 수 잇셔요. 사늬 ᄒ는 거슨 무어시든지 ᄒ는 世上(세상)이야요」 ᄒ든 生覺(생각)을 ᄒ며 아바지가 담빈듸를 드시고 「머 엇제고 엇제. 네짜짓 게집

이가 하긴 무얼히 日本(일본)가서 하라는 工夫(공부)난 아니 흐고 貴
(귀)흔 돈 업시고 그까짓 엉쑹흔 소리만 빅화 가지고 왓셔?」 흐시
든 무서운 눈을 싱각흐며 몸을 흠칠흔다.

果然(과연) 그럿타. 나갓흔 거시 무얼 흐나. 남들이 흐는 말을 흥
닉닉는 거시 아닌가. 아아 果然(과연) 사룸 노릇 흐기가 쉬울 거시
아닐다. 男子(남지)와 굿히 모   든 거슬 흐는 女子(여자)는 平凡(평
범)흔 女子(여자)가 아닐 터이다. 四千年來(사천년래)의 쯥慣(습관)을 씨
틔리고 나시는 女子(여자)는 웬만흔 學問(학문), 如干(여간)흔 天才(천
재)가 아니고서는 될 수 업다. 나파륜 時代(시대)에 巴里(파리)의 全
(전) 人心(인심)을 움직이게 흐든 스라아루 夫人(부인)과 갓흔 微妙(미
묘)흔 理解力(이해력), 饒舌(요설)흔 雄辯(웅변) 그러흔 機才(기재)흔 社
會的(사회적) 人物(인물)이 아니고서는 될 수 업다. 사라셔 오루렌을
救(구)흐고 死(사)흠에 佛蘭西(불란서)를 救(구)흐닌 쟌닥크 갓흔 百折
不屈(백절불구)의 勇進(용진), 犧牲(희생)이 아니고셔는 될수 업다. 達筆
(달필)의 論文家(논문가), 明快(명쾌)흔 經濟書(경제서)의 著書(저서)로 일
흠이 날닌 英國女權論(영국어권론)의 勇將(용장) 횟드 夫人(부인)과 갓
흔 語論(어론)에 精勁(정경)흐고 意志(의지)가 強固(강고)흔 者(자)가 아
니고서는 될 수 업다. 아아 이러케 쉽지 못흐다. 이만흔 實力(실력),
이러흔 犧牲(희생)이 드러야만 되는 것이다.

경희가 이제것 빅홧다는 學問(학문)을 톡톡 터러모하도 그거슨

쌈작 놀날 만치 아모 것도 업다. 남이 제 압해서 츔을 추고 노릭를 ᄒ나 츔으로 조와홀 줄을 몰누고 眞情(진정)으로 우서줄 줄을 몰루는 自痴(자치) 갓흔 感覺(감각)을 가젓다. 한 마듸 對答(대답)을 할나면 얼골이 벌게지고 語序(어서)를 차질 줄 몰누는 鈍舌둔설을 가젓다. 조곰 苦(고)로오면 실여, 조곰 맛기만 ᄒ여도 慟哭(통곡)을 ᄒ는 못된 臆病억병이 잇다. 이 사름이 이릭는 듸로 져 사름이 져릭는 듸로 東風(동풍)부는 듸로 西風(서풍)부는 듸로 쓸니고 싸라가도 곳칠 수 업시 衰弱쇠약흔 意志(의지)가 드러 안젓다. 이거시 사름인가, 이거슬 가진 爲人(위인)이 사름 노릇을 ᄒ쟌 말인가. 이 까짓 남들 다 아는ㄱ, ㄴ쯤의 學問(학문)으로, 남들도 쥐울줄 아는 三時(삼시) 밥 먹을 쌔 올흔 손에 숙가락 잡을 줄 아는 것쯤으로는 발셔 틀넛다. 어림도 업는 虛榮心(허영심)일다. 萬一(만일) 古今(고금) 事業家(사업가)의 各(각) 婦(부)인들이 알면 코우슘을 우슐 터이다. 정말 엉뚱흔 소리다. 「아이구, 엇지ᄒ면 조흔가……」

여긔신지 제몸을 反省(반성)흔 경희의 生覺(생각)에는 져를 맛며누리로 데려갈냐는 金判事(김판사) 집도 싹ᄒ다. 쏘 져갓흔 천치가 그런 富貴(부귀)흔 宅(대)에서 데려갈냐면 고기를 숙이고 네네小女(소녀)를 밧치며 얼는 가야할 거시 當然(당연)흔 일인듸 실타고 ᄒ는 거슨 졔가 生覺(생각)ᄒ여도 괫씸흔 일일다. 그러고 아바지며 어머니며 其外(기외) 여러 親戚(친척) 할마니, 아자마니가 져를 볼 쌔마다

시집 못 보닐가 보아 걱정들을 ㅎ시는 것이 當然(당연)흔 일인 것
도 갓다.

경희는 이제ᄭᅵ지 비나 쪽진 夫人(부인)들을 보면 미오 불상이 生
覺(생각)ㅎ엿다. 「져거시 무어슬 알고 저러케 어룬이 되엿나 남편에
게 對(대)흔 사랑도 몰누고 機械(기계)갓히 本能的(본능적)으로만 저
러케 금수와 갓히 살아가ᄂᆞᆫ구나 子息(자식)을 貴愛(귀애)ㅎ는 기슨
밥이나 만히 먹이고 고기나 만히 먹일 줄만 알앗지 조흔 學問(학
문)을 가라칠 줄은 몰누ᄂᆞᆫ고나 져것도 사름인가」 ㅎ는 驕慢(교만)흔
눈으로 보아왓다. 그러나 왼일인지 오날은 그 夫人(부인)너들이 모
다 壯(장)ㅎ게 보인다. 설거질ㅎᄂᆞᆫ 시월이 머리에도 비녀가 쏙 져
진 거시 져보다 훨신 나흔 것도 갓치 보인다. 담 사이로 農民(농민)
의 子息(자식)들의 우는 소리가 들니ᄂᆞᆫ 것도 져보다 훨신 나흔 짠
世上(세상) 갓다. 아모리 生覺(생각)ㅎ여도 져는 져갓흔 어룬이 될 수
업ᄂᆞᆫ 것 갓고 졔 몸으로ᄂᆞᆫ 져와 갓흔 아희를 나을 수가 업는 것
갓다. 「져와 갓히 이러케 가기 어려은 시집을 엇지면 그러케들 만
히 갓고 져와 갓히 이러케 어렵게 子息(자식)의 敎育(교육)을 이리 져
리 궁구ㅎᄂᆞᆫ 거슬 저러케 쉬웁게 잘들 살아가누」 生覺(생각)을 흔
즉 져는 아모 것도 아니다. 그 夫人(부인)들은 自己(자기)보다 몃 十
倍(십배) 낫다.

「엇더케 저러게들 쉬웁게 비나들을 쪽지게 되엿나? 엇지면 저러

케 子息(자식)들을 만히 나아 가지고 구순히들 잘 사누 참 장ㅎ다」

경희ᄂ 싱각ᄒᆞᆯ사록 그니들이 壯(장)ᄒ다. 그러고 져는 이러케도 시집가기가 어려운 거시 도모지 異常(이상)스럽다. 「그 婦人(부인)니들이 壯(장)한가? 내가 壯(장)ᄒᆞᆫ가? 이 婦人(부인)니 들이 사람일가? 내가 사ᄅᆞᆷ일가?」 이 矛盾모순이 경희의 집혼 잠을 ᄭᅴ우ᄂᆞᆫ 큰 煩悶(번민)일다. 「그러면 엇지 ᄒ여야 壯(장)ᄒᆞᆷ 사람이 되나」 ᄒᄂᆞᆫ 거시 경희의 머리가 무거워지는 苦痛(고통)일다.

「아이구 엇지 하나 내가 그러케 될 줄 알아슬가……」

한 마듸가 느럿다. 同時(동시)에 경희의 머리ᄭᅳᆺ이 웃쩍 위로 올나간다. 그러고 경희의 쎈쎈ᄒᆞᆫ 얼골, 넙젹ᄒᆞᆫ 입 길죽ᄒᆞᆫ 四指(사지)의 形狀(형상)이 모다 슬어지고 조고마ᄒᆞᆫ 밀집 ᄭᅳᆺ헤 ᄭᅡᆷ막ᄭᅡᆷ막ᄒᆞᄂᆞᆫ 불ᄭᅩᆺ갓ᄒᆞᆫ 무어시 바람에 써 잇ᄂᆞᆫ 것 갓다. 房(방)만은 훅군훅군ᄒ다. 不知中(부지중)에 四方(사방) 窓(창)을 열어제쳣다.

쓰거운 强(강)ᄒᆞᆫ 光線(광선)이 瞥眼間(별안간)에 왈칵 드드ᄂᆞᆫ 거슨 편쌈군의 兩便(양편)이 六(육)모방밍이를 들고 「자……」 ᄒ며 듸드ᄂᆞᆫ 것 갓히 ᄭᅡᆷ짝 놀날만치 强(강)ᄒ게 쏘여드러온다. 五色(오색)이 混雜(혼잡)ᄒᆞᆫ 百日紅(백일홍), 活年花(활련화) 우으로는 連絡不絶(연락부절)히 호랑나비 노란 나비가 오고가고 흔다. 빗나무 우에 ᄭᅡ치 버금자리에ᄂᆞᆫ ᄭᅡ만 싀기 되가리가 들낙나을낙ᄒᆞ며 어미 ᄭᅡ마귀가 먹을 것 가지고 오ᄂᆞᆫ 거슬 기다리고 잇다. 답수리 그늘 밋헤는 탑실

기가 씨러져 쿨쿨 자고 잇다. 그 빗는 불눅흐다. 울타리 밋흐로
굼벵이 집으러 다니는 어미 닭의 뒤로는 되여섯 마리의 병아리가
줄줄 싸라간다. 경희는 얼싸진 것 갓히 멀간 — 니 안저서 보다가
몸을 일부러 움지기엿다.

저것! 저것은 기다. 저것은 솟이고 저거슨 닭이다. 저것은 빗나
무다. 그러고 져긔 믹달닌 거슨 빗다. 져 하눌에 쓴기슨 까치다.
저것은 항아리고 저것은 절구다.

이러케 경희는 눈에 보이는 되로 그 名稱(명칭)을 불너본다. 엽헤
노힌 머리창 도 짠져본다. 그 우에 기어서 언진 면주 이불도 씨다듬
어 본다. 「그러면 내 名稱(명칭)은 무어신가? 사름이지! 쏙 사름일다」

경희는 壁(벽)에 걸닌 体鏡(체경)에 제 몸을 비최여본다. 입도 버
러보고 눈도 움직여본다. 팔도 드러보고 다리도 되여노아 본다.
分明(분명)히 사름 貌樣(모양)일다. 그러고 두러누은 탑실기와 굼벵
이 씩으러 다니는 닭과 또 싸마귀와 저를 比較(비교)히본다. 저것
들은 禽獸(금수) 卽(즉) 下等動物(하등동물)이라고 動物學(동물학)에서
빅홧다. 그러나 저와 갓치 옷을 입고 말을 흐고 거러 다니고 손으
로 일흐는 거슨 萬物(만물)의 靈長(영장)인 사름이라고 빅홧다. 그러
면 저도 이런 貴(귀)흔 사름이로다.

아아 對答(대답) 잘 힛다. 아바지가 「그리로 시집가면 됴흔 옷에
生前(생전) 빅불니 먹다가 죽지 안켓니?」 흐실 씩에 그 무서운 아바

지 압해서 平生(평생) 처음으로 벌벌 썰며 對答(대답)ᄒ엿다.「아바지 顔子(안자)의 말슴에도 一簞食(일단사)와 一瓢飮(일표음)에 樂亦在(낙역재) 其中(기중) 이라는 말슴이 업습니가? 먹고만 살다 죽으면 그것슨 사름이 아니라 禽獸(금수)이지요. 버리밥이라도 제 努力(노력)으로 제 밥을 제가 먹는 거시 사름인줄 압니다. 祖上(조상)이 버러논 밥 그거슬 그듸로 밧은 남편의 그 밥을 쏘 그듸로 엇어먹고 잇는 거슨 우리집 기나 一般(일반)이지요」ᄒ엿다. 그럿타. 먹고 죽으면 그거슨 下等動物(하등동물)일다. 더구나 제 손구락 하나 움직이지 안코 祖上(조상)의 財物(재물)을 밧아가지고 제가 믄들기는 둘겨 처노코 밧은 것도 쓸 줄 몰나 술이나 妓生(기생)에게 쓸듸업시 浪費(낭비)ᄒ는 사름이 아니라 禽獸(금수)와 갓히 빙 쑤듸리다가 죽는 富者(부자)들의 家庭(가정)에는 別(별)별 悲慘(비참)ᄒ 일이 만타. 殆(태)히 禽獸(금수)와 區別(구별)을 할 수도 업는 일이 만타. 그런 者(자)는 사름의 가족을 暫間(잠간) 비러다가 쓴 것이지 조곰도 사름이 아닐다. 저 답살이 그늘 밋헤 두러눌냐 ᄒ야도 기가 비웃고 그 자리가 앗갑다고 할 터이다.

그럿타. 苦(고)로음이 지나면 樂(낙)이 잇고 우룸이 다 ᄒ면 우슴이 오고 ᄒ는 거시 禽獸(금수)와 달는 사름일다. 禽獸(금수)가 能(능)치 못ᄒ는 生覺(생각)을 ᄒ고 創造(창조)를 ᄒ닉는 거시 사름일다. 사름이 버른 쌀 스람이 먹고 남은 밥 찍게기를 바라고 잇는 禽獸

(금수) 주면 뜻타는 禽獸(금수)와 달는 사름은 제 힘으로 찻고 제 實
力(실력)으로 엇는다. 이거슨 조곰도 矛盾(모순)이 업는 사름과 禽獸
(금수)와의 差別(차별)일다. 조곰도 疑心(의심)업는 眞理(진리)이다.

경희도 사름일다. 그 다음에는 女子(여자)다. 그러면 女子(여자)라
는 것보다 먼져 사름일다. 쏘 朝鮮(조선) 社會(사회)의 女子(여자)보다
먼져 宇宙(우주) 안 全人類(전인류)의 女性(여성)이다. 李鐵原(이철원), 金
夫人(김부인)의 쌀보다 먼져 하나님의 쌀일다. 如何(여하)튼 두 말할
것 업시 사름의 形狀(형상)일다. 그 形狀(형상)은 暫間(잠간) 들씨운 가
죽 뿐 아니라 內腸(내장)의 構造(구조)도 確實(확실)히 禽獸(금수)가 아
니라 사름일다.

오냐 사름일다. 사름으로 보이지 안는 險(험)한 길을 찻지 안으면
누구더러 차지라 하리! 山頂(산정)에 올나서서 니려다 보는 것도 사
름이 할 거시다. 오냐 이 팔은 무엇흐자는 팔이고 이 다리는 어듸
씨자는 다리냐?

경희는 두 팔을 번쩍 들엇다. 두 다리로 ○충 쮜엇다.

쨘쨘흔 히빗이 스르르 누구러진다. 남치마 빗갓흔 하날빗히 油
然(유연)히 써오른 검은 구름에 가리운다. 南風(남풍)이 곱게 살살
부러 드러온다. 그 바람에는 花粉(화분)과 香氣(향기)가 싸혀 드러온
다. 눈 압헤 번기가 번쩍번쩍흐고 억게 우으로 우뢰소리가 우루
루루흔다. 조곰 잇스면 여름 소낙기가 쏘다질 터이다.

경희의 精神(정신)은 恍惚(황홀)ㅎ다. 경희의 키는 瞥眼間(별안간) 飴(이)

느러지드시 붓쩍 느러진 것 갓다. 그러고 目(목)은 全(젼) 얼골을 가리우는 것 갓다. 그듸로 푹 업듸리어 合掌합장으로 祈禱(기도)를 올닌다.

하ᄂᆞ님! 하ᄂᆞ님의 쌀이 여긔 잇습니다. 아바지! 내 生命(생명)은 만흔 祝福(축복)을 가젓습니다.

보십소! 내 눈과 내 귀는 이러케 活動(활동)ㅎ지 안습니가?

하ᄂᆞ님! 내게 無限(무한)ᄒᆞ 光榮(광영)과 힘을 ᄂᆞ려 쥬십소.

내게 잇는 힘을 다ᄒᆞ야 일ᄒᆞ오리다.

賞(상)을 주시든지 罰(벌)을 ᄂᆞ리시든지 ᄆᆞᄋᆞᆷ듸로 부리시웁소서.

2편

나혜석의 수필

이혼고백서

이혼고백서

　나이 四十(사십) 五十(오십)에 갓가왓고 專門敎育(전문교육)을 밧앗고 남들의 容易(용이)히 할 수 업는 歐米(구미) 漫遊(만유)를 하엿고 坐 後輩(후배)를 指導(지도)할만한 處地(처지)에 잇서서 그 人格(인격)을 統一(통일)치 못하고 그 生活(생활)을 統一(통일)치 못한 거슨 두 사람 自身(자신)은 勿論(물론) 붓그러워 할 섄 아니라 一般(일반) 社會(사회)에 對(대)하여서도 面目(면목)이 업스며 붓그럽고 謝罪(사죄)하는 바외다.

　靑邱氏(청구씨)!

　난생 처음으로 當(당)하는 이 衝擊(충격)은 넘오 傷處(상처)가 甚(심)하고 致命的(치명적)입니다.

　悲嘆(비탄), 動哭(동곡), 焦燥(초조), 煩悶(번민) ― 爾來(이래) 이 一切(일체)의 軌路(궤로)에서 生(생)의 彷徨(방황)을 하면서 一便(일편)으로

영원한 신여성
나혜석 작품집

深淵(심연)의 밋바닥에 던진 氏(씨)를 나는 다시 靑邱氏(청구씨) ― 하고 부릅니다.

靑邱氏(청구씨)! 하고 부르는 내 눈에는 눈물이 긋득 차집니다. 이거슬 世上(세상)은 나를 「弱者(약자)야」 하고 불를가요?

날마다 當(당)하고 지내든 氏(씨)와 나 사이는 깁히 理解(이해)하고 知悉(지실)하고 自負(자부)하든 우리 사이가 夢想(몽상)에도 生覺(생각)지 안든 傷處(상처)의 運命(운명)의 經驗(경험)을 얻어케 現實(현실)의 事實(사실) 노 알 수가 잇스릿가. 모다가 꿈 모다가 惡夢(악몽) 지난 悲劇(비극)을 나는 일부러 이러케 부르고 십흔 거시 나의 거짓 업는 眞情(진정)입니다.

「善良(선량)한 남편」 적어도 당신과 나 사이에 過去(과거) 生活(생활) 軌路(궤로)에 나타나는 姿勢(자세)가 아니오넛가. 「善良(선량)한 남편」 事件(사건) 以來(이래) 얼마나 否定(부정)하려 하엿스나 結局(결국) 그러한 姿勢(자세)가 只今(지금) 傷處(상처)를 밧은 내 가슴속에 蘇生(소생)하는 靑邱氏(청구씨)입니다.

事件(사건) 以來(이래) 打擊(타격)을 밧은 내 가슴속에는 氏(씨)와 나

샤이 夫婦生活(부부생활) 十一年(십일년) 동안의 印象(인상)과 追憶(추억)이 明滅(명멸)해집니다. 모든 거세 무엇 하나나 조곰도 不滿(불만)과 不平(불평)과 不安(불안)이 업섯든 것 아닙니가. 氏(씨)의 日常(일상)의 어느 한가지나 妻(처)인 내게 不審(불심)이나 不快(불쾌)를 가진 아모 것도 업섯든 것 아닙니가? 저녁 째면 辭退(사퇴) 時間(시간)에 쏙쏙 도라오지 아니 하엿스며 내게나 어린애들에게 慈愛(자애)잇는 微笑(미소)를 씌는 氏(씨)이엿습니다. 煙草(연초)는 小量(소량)으로 피우나 酒量(주량)은 조곰도 업섯습니다. 이 意味(의미)로 보면 氏(씨)는 世上(세상)에 듬은 「善良(선량)한 남편」이라고 아니 할 수 업나이다. 그런 남편인만치 나는 氏(씨)를 信任(신임) 아니할 수 업섯나이다. 아니 쏙 信任(신임)하엿섯습니다. 그러한 氏(씨)가 숨은 半面(반면)에 무서운 斷決性(단결성) 慘酷(참혹)한 唾棄性(타기성)이 包含(포함)해 잇슬 줄이야 누가 쑴엔들 生覺(생각)하엿스리가. 나를 反省(반성)할만한 나를 懺悔(참회)할만한 寸分(촌분)의 틈과 寸分(촌분)의 餘裕(여유)도 주지 아니한 氏(씨)가 아니엿습닛가. 어리석은 나는 그래도 或(혹) 용서를 밧을가 하고 哀乞伏乞(애걸복걸)하지 아니 하엿는가.

未曾有(미증유)의 不祥事(불상사) 世上(세상)에 모든 信用(신용)을 일코 모든 公憤批難(공분비난)을 밧으며 父母親戚(부모친척)의 버림을 밧고 옛 조흔 親舊(친구)를 일흔 나는 勿論(물론) 不幸(불행)하려니와 이

영원한 신여성
나혜석 작품집

거슬 斷行(단행)한 氏(씨)에게도 悲嘆(비탄), 絶望(절망)이 不少(불소)할 거십니다.

오직 나는 荒野(황야)에 헤메고 闇夜(암야)에 空寞(공막)을 바라고 自失(자실)하여 할 샏입니다.

썰니는 두 손에 畵筆(화필)과 파렛트를 들고 暗黑(암흑)을 向(향)하야 가는 거신가. 그러치 안으면 光茫(광망)의 瞬間(순간)을 求(구)함인가. 넘으 크고 넘어 重(중)한 傷處(상처)의 衝擊(충격)을 밧은 내게는 刻刻(각각)으로 切迫(절박)한 쓸쓸한 生命(생명)의 부르지짐을 듯고 울고 씨러지는 衝動(충동)으로 가삼이 터지는 것 갓사외다.

우리 두 사람의 結婚(결혼)은 「거짓 結婚(결혼)」이엿섯나 或(혹)은 彼此(피차)에 理解(이해)와 사랑으로 結合(결합)하면서 그 生活(생활)에 흐름을 싸라 우리 結婚(결혼)은 「거짓」의 岐路(기로)에 써러진 거시 아니엿는가. 나는 구타라 우리 結婚(결혼) 우리 生活(생활)을 「거짓」이라고 하고 십지안소. 그거슨 임의 結婚(결혼) 當時(당시)에 모든 準備(준비) 모든 誓約(서약)이 成立(성립)되여 잇섯고 임의 그거슬 다 實行(실행)하여온 싸닭입니다.

青邱氏(청구씨)!

　光明(광명)과 暗黑(암흑)을 다 일은 나는 이 空虛(공허)한 自失(자실) 狀態(상태)에서 停止(정지)하고 서서 한 번 더 仔細(자세)히 內省(내성)할 必要(필요)가 잇다고 生覺(생각)합니다. 이와 갓치 念頭(염두)하난 이 만치 나는 悲痛(비통)한 覺悟(각오)의 압헤 서 잇습니다. 世上(세상)의 모든 嘲笑(조소), 叱責(질책)을 甘受(감수)하면서 이 十字架(십자가)를 등지고 默默(묵묵)히 나아가랴 하나이다. 光明(광명)인지 闇黑(암흑)인지 모르는 忍從(인종)과 絶對的(절대적) 苦悶(고민)밋헤 흐르는 조용한 生命(생명)의 속삭임을 드르면서 한 번 더 甦生(소생)으로 向(향)하야 行進(행진)을 繼續(계속)할 決心(결심)이외다.

約婚(약혼)까지의 來歷(내력)

　발서 옛날 내가 十九(십구) 歲(세) 되엿슬째 일이외다. 約婚(약혼)하엿든 愛人(애인)이 肺病(폐병)으로 死去(사거)하엿습니다. 그 째 내 가슴의 傷處(상처)는 甚(심)하야 一時(일시) 發狂(발광)이 되엿고 連(연)하여 神經衰弱(신경쇠약)이 漫性(만성)에 達(달)하엿섯습니다. 그해 여름 放學(방학)에 東京(동경)에서 나는 歸鄕(귀향)하엿섯나이다. 그째 우리 男兄(남형)을 차자 나를 보러 兼兼(겸겸)하야 우리 집 사랑에 손님으로 온 이가 氏(씨)이엿습니다. 氏(씨)는 그째 喪妻(상처)한 지 임의 三年(삼년)이 되든 해라 매오 孤獨(고독)한 째이엿습니다. 나는 사랑에서 족하 쌀과 놀다가 氏(씨)과 싹 마조첫습니다. 이 機會(기회)를 타서 男兄(남형)이 인사를 식혓습니다. 氏(씨)는 며칠 後(후) 京城(경성)으로 가서 내게 長札(장찰)을 보내엿습니다.

率直(솔직)하고 熱情(열정)으로 써 잇섯습니다. 爲先(위선) 自己(자기) 環境(환경)과 心身(심신)의 孤獨(고독)으로 娶妻(취처)하여야겟고 그 相對者(상대자)가 되여주기를 바란다는 거시엇사외다. 나는 勿論(물론) 答(답)하지 아니 햇습니다. 내게는 그만한 마음의 餘裕(여유)가 업섯든 거시외다.

두 번째 편지가 쏘 왓습니다. 나는 간단히 답장을 하엿습니다. 멋칠 後(후)에 그난 쏘 나려왓습니다. 패이나플과 果實(과실)을 사 가지고. 나는 이번에는 보지 아니 하엿습니다. 氏(씨)는 本鄕(본향)으로 내려가면서 東京(동경)갈 째 편지 하여달나고 하엿습니다. 그 後(후) 내가 東京(동경)을 갈째 無意識的(무의식적)으로 葉書(엽서)를 하엿습니다. 밤中(중) 大阪(대판)을 지날 째 왼 四方(사방) 帽子(모자) 쓴 學生(학생)이 인사를 하엿습니다. 나는 알아보지를 못 하엿든 거시외다. 京都(경도)까지 갓치 와서 나는 同行(동행) 四五人(사오인)이 잇서 直行(직행)하엿습니다. 東京(동경) 東大久保(동대구보)에서 同行(동행)

과 갓치 自炊(자취) 生活(생활)을 할 째이외다.

氏(씨)는 土産ハツ橋(토산ハツ교)를 사들고 차자 왓습니다. 氏(씨)는 東京帝大(동경제대) 靑年會(청년회) 雄辯大會(웅변대회)에 演士(연사)로 왓섯습니다. 낫에는 반드시 내 冊床(책상)에서 草稿(초고)를 해 가지고 저녁 째면 도라가서 반드시 편지를 하엿습니다. 어느 날 밤 도라 갈 째이엿습니다. 電車(전차) 停留場(정류장)에서 내가 손을 내밀엇습니다. 氏(씨)는 쓰겁게 握手(악수)를 하고 因(인)하야 갓가온 수풀노 가지고 하더니 거긔서 하나님씌 感謝(감사)하다는 祈禱(기도)를 올니엿습니다. 이와 갓치 氏(씨)의 片紙(편지), 氏(씨)의 말, 氏(씨)의 行動(행동)은 理性(이성)을 超越(초월)한 感情(감정) 쑌이엿고 熱(열) 쑌이엿사외다. 나는 이 熱(열)을 밧을 째마다 깃벗 섯습니다. 不知不覺(부지불각) 中(중) 그 熱(열) 속에 녹어 드러가는 感(감)이 生(생)겻나이다. 이와 갓치 氏(씨)는 京都(경도) 나는 東京(동경)에 잇스면서 一日(일일)에 一次式(일차식)을 나오기도 하고 或(혹) 散步(산보)하다가 巡査(순사)에게 注意(주의)도 밧고 或(혹) 쏀토를 타고 一日(일일)의 愉快(유쾌)함을 지낸 일도 잇고 雪景(설경)을 차자 旅行(여행)한 일도 잇섯습니다. 이러케 六年(육년) 間(간) 씌는 동안 氏(씨)는 몃 번이나 婚姻(혼인)을 督促(독촉)한 일이 잇섯습니다. 그러나 나는 斷行(단행)하고 십지 아니 하엿습니다. 그는 무엇보다 남이 알 수 업난 마음 한편 구석에 남은 傷處(상처)의 자리가 아직 암을지 아니 하엿습이오. 하나는 氏(씨)의 사랑이 理性(이성)을 超越(초월)한이만치 無條件的(무조건적) 사랑 卽(즉) 理性(이성) 本能(본능)에 지나지 아닌 사랑이오. 나라는 一個性(일개성)에 對(대)한 理解(이해)가 잇슬가 하는 疑心(의심)이 生(생)긴 것이외다. 그리하야 本能的(본능적) 사랑이라 할진대 나 外(외)에 다른 女性(여성)이라도 無關(무관)할 거시오. 何必(하필) 나를 要求(요구)할 必要(필요)가 업슬듯 生覺(생각)든 거시엇습니다. 全(전) 人類(인류) 中(중) 何必(하필) 너는 나를 求(구)하고 나는 너를 싹 지으라 하는 대는 네가 내게 업서서는 아니되고 내가 네게 업서서는 아니될 무엇 하나를 차자 엇지 못하는 以上(이상) 그 結婚生活(결혼생활)은 永久(영구)치 못할 거시오. 幸福(행복)지 못하리라난 거슬 나는 일즉이 쌔다랏든 거시엇습니다. 그러타고 나는 그를 놋키 실헛고 氏(씨)는 나를 놋치 아니 하엿습니다. 다만 斷行(단행)을 못할 짜름이엿습니다. 그리다가 兩便(양편) 親戚(친척)들의 勸誘(권유)와 밋 自己(자기) 責任上(책임상) 擇日(택일)을 하야 結婚(결혼)한 거시엇습니다.

그째 내가 要求(요구)하는 條件(조건)은 이러하얏습니다.

一生(일생)을 두고 只今(지금)과 갓치 나를 사랑해 주시오.

그림 그리는 거슬 妨害(방해)하지 마시오.

시어머니와 前室(전실) 딸과는 別居(별거)케 하여주시오.

氏(씨)는 無條件(무조건)하고 應諾(응낙)하엿습니다. 나의 要求(요구)하는 대로 新婚旅行(신혼여행)으로 窮村僻山(궁촌벽산)에 잇는 죽은 愛人(애인)의 墓(묘)를 차자 주엇고 石碑(석비)까지 세워 준 거슨 내 一生(일생)을 두고 잇치지 못할 事實(사실)이외다. 如何(여하)튼 氏(씨)는 나를 全生命(전생명)으로 사랑하엿든 거슨 確實(확실)한 事實(사실)일 거십니다.

十一年間(십일년간) 夫婦生活(부부생활)

京城(경성)서 三年(삼년) 間(간) 安東縣(안동현)에서 六年(육년) 間(간) 東萊(동래)에서 一年(일년) 間(간) 歐米(구미)에서 一年(일년) 半(반) 동안 夫婦生活(부부생활)을 하는 동안 딸 하나 아들 셋 所生(소생) 四男妹(사남매)를 엇게 되엿습니다. 辯護士(변호사)로 外交官(외교관)으로 遊覽客(유람객)으로 아들 工夫(공부)로 父(부)로 畵家(화가)로 妻(처)로 母(모)로 며누리로 이 生活(생활)에서 저 生活(생활)로 저 生活(생활)에서 이 生活(생활)노 썽충썽충 뛰는 生活(생활)을 하게 되엿습니다. 經濟上(경제상) 裕餘(유여)하얏고 하고저 하는 바를 다 해왓고 努力(노력)

한 바가 다 成就(성취)되엿습니다. 이만하면 幸福(행복)스러운 生活
(생활)이라고 할만 하엿습니다. 氏(씨)의 性格(성격)은 어대까지든지
理智(이지)를 써난 感情的(감정적)이어서 一寸(일촌)의 압길을 預想(예
상)치 못하엿습니다. 나는 좀더 社會人(사회인)으로 主婦(주부)로 사
람답게 잘 살고 십헛습니다. 그리함에는 經濟(경제)도 必要(필요)하
고 時間(시간)도 必要(필요)하고 努力(노력)도 필요하고 勤勉(근면)도 必
要(필요)하엿습니다. 不敏(불민)한 點(점)이 不少(불소)하엿스나 動機(동
기)는 사람답게 잘 살자는 건방진 理想(이상)이 쌕리가 쌔여지지 안
는 싸닭이엿습니다. 험으로 夫婦間(부부간) 衝突(충돌)이 生(생)긴 뒤
는 반드시 아해가 하나式(식) 生(생)것습니다.

主婦(주부)로서 畵家(화가) 生活(생활)

내가 出品(출품)한 作品(작품)이 特選(특선)이 되고 入賞(입상)이 될
째氏(씨)는 나와 쏙갓치 깃버해 주엇습니다. 모든 사람은 나의게
남편 잘둔 德(덕)이라고 稱頌(칭송)이 자자하엿습니다. 나는 滿足(만
족)하엿고 깃벗섯나이다.

周圍(주위) 사람 밋 남편의 理解(이해)도 必要(필요)하거니와 理解(이
해)하도록 하는 거시 必要(필요)하외다. 모든 거세 出發點(출발점)은
다 自我(자아)에게 잇는 거시외다. 한집 살님사리를 敏捷(민첩)하게

해노코 남은 時間(시간)을 利用(이용)하는 거슬 反對(반대)할 사람은 업슬 거시외다. 나는 결 코 가사 決( ) 家事( )를 범연히 하고 그림을 그려온 일은 업섯습니다. 내몸에 비단옷을 입어본 일이 업섯고 一分(일분)이라도 노라본 일이 업섯습니다. 그럼으로 내게 第一(제일) 貴重(귀중)한 거시 돈과 時間(시간)이엿습니다. 只今(지금) 生覺(생각)건대 내게서 家庭(가정)의 幸福(행복)을 가저간 者(자)는 내 藝術(예술)이 아닌가 십습니다. 그러나 이 藝術(예술)이 업고는 感情(감정)을 幸福(행복)하게 해줄 아모 것이 업섯든 싸닭입니다.

歐米漫遊(구미만유)

歐米漫遊(구미만유)를 向(향)하게 해준 後援者(후원자) 中(중)에는 氏(씨)의 成功(성공)을 비는 거슨 勿論(물론)이오 나의 成功(성공)을 비는 者(자)도 잇섯습니다. 그리하야 우리의 歐米漫遊(구미만유)는 意外(의외)에 쉬운 일이엇습니다. 사람은 하나를 더 보면 더 본 이만치 自己生活(자기생활)이 伸長(신장)해지난 거시오 豊富(풍부)해지난 거시외다. 漫遊(만유)한 後(후) 에 氏(씨)는 政治觀(정치관)이 生(생)기고 나는 人生觀(인생관)이 多少(다소) 整頓(정돈)이 되엿노이다.

一(일), 사람은 얻어케 살아야 조흘가. 東洋(동양) 사람이 西洋(서양)을 憧憬(동경)하고 西洋人(서양인)의 生活(생활)을 부러워하는 反面

(반면)에 西洋(서양)을 가보면 그들은 東洋(동양)을 憧憬(동경)하고 東洋(동양)사람의 生活(생활)을 부리워합니다. 그러면 누구든지 自己(자기) 生活(생활)에 滿足(만족)하는 者(자)는 업사외다. 오직 그 마음 하나 먹기에 달닌 것 쑨이외다. 돈을 만히 벌고 知識(지식)을 만히 쌋고 事業(사업)을 만히 하는 中(중)에 要領(요령)을 獲得(획득)하야 그 마음에 滿足(만족)을 늣기게 되는 거시외다. 卽(즉) 사람과 事物(사물) 사이에 神(신)의 往來(왕래)를 볼 쌔 쑨 滿足(만족)을 늣기게 되난 거시외다.

二(이), 夫婦間(부부간)에 엇더케 하면 和合(화합)하게 살 수 잇슬가
一 (일) 個性(개성)과 他(타) 個性(개성)이 合(합)한 以上(이상) 自己(자기)만 固執(고집)할 수 업난 거시외다. 다만 克己(극기)를 잇지마는 거시 要點(요점)입니다. 그리고 夫婦生活(부부생활)에는 三時期(삼시기)가 잇난 것 갓사외다. 第一(제일) 戀愛時期(연애시기)의 쌔에는 相對者(상대자)의 缺點(결점)이 보일 餘暇(여가)업시 長處(장처)만 보입니다. 다 善化(선화) 美化(미화)할 싸름입니다. 第二(제이) 倦怠(권태) 時期(시기) 結婚(결혼)하야 三四(삼사) 年(년)이 되도록 子女(자녀)가 生(생)하야 倦怠(권태)를 잇게 아니 한다면 倦怠症(권태증)이 甚(심)하여집니다. 相對者(상대자)의 缺點(결점)이 눈에 쌔우고 실증이 나기 시작됩니다. 統計(통계)를 보면 이 쌔 結婚(결혼) 數(수)가 가상 만습니다. 第三(제삼)

理解時期(이해시기) 임의 夫(부)나 妻(처)가 彼此(피차)에 缺點(결점)을 알고 長處(장처)도 아는 동안 情誼(정의)가 깁허지고 새로온 사랑이 生(생)겨 그 缺點(결점)을 눈감아 내리고 그 長處(장처)를 助長(조장)하고 십흘 거시외다. 夫婦(부부) 사이가 이쯤 되면 무슨 障碍物(장애물)이 잇든지 써날수 업게 될 거시외다. 이에 비로소 美(미)와 善(선)이 나타나는 거시오. 夫婦生活(부부생활)의 意義(의의)가 잇슬 거십니다.

三(삼), 歐米(구미) 女子(여자)의 地位(지위)는 엇더한가.

歐米(구미)의 一般(일반) 精神(정신)은 클 것 보다 적은 거슬 尊重(존중)히 역임니다. 强(강)한 것보다 弱(약)한 거슬 앗겨줍니다. 어느 會合(회합)에든지 女子(여자) 업시는 中心點(중심점)이 업고 氣分(기분)이 調和(조화)되지 못함니다. 一 社會(일 사회)에 主人公(주인공)이오. 一 家庭(일 가정)에 女王(여왕)이오 一 個人(일 개인)의 主體(주체)이외다. 그 거슨 所謂(소위) 크고 强(강)한 男子(남자)가 擁護(옹호)함으로 쑨 아니라 女子(여자) 自體(자체)가 그만치 偉大(위대)한 魅力(매력)을 가짐이오 神秘性(신비성)을 가진 거심니다. 그럼으로 새삼스러이 平等(평등) 自由(자유)를 要求(요구)할거시 아니라 本來(본래) 平等(평등) 自由(자유)가 俱存(구존)해 잇는 거시외다. 우리 東洋(동양) 女子(여자)는 그거슬 오직 自覺(자각)치 못한 것 쑨이외다. 우리 女性(여성)의 힘은 偉大(위대)한 거시외다. 文明(문명)해지면 해질사록 그 文明(문명)을 支配(지

배)할 者(자)는 오직 우리 女性(여성)들이외다. 四(사), 그 外(외)의 要點(요점)은 무어신가 쎗상이다. 그 쎗상은 輪廓(윤곽) 쌘의 意味(의미)가 아니라 칼나 卽(즉) 色彩(색채) 하모니 卽(즉) 調子(조자)를 兼用(겸용)한 것이외다. 그럼으로 쎗상이 確實(확실)하게 한 모델을 能(능)히 그릴 수 잇난 거시 及其(급기) 一生(일생)의 일이 되고 맘니다. 無識(무식)하나마 以上(이상) 四個(사개) 問題(문제)를 多少(다소) 解決(해결)하게 되엿습니다. 그럼으로 나의 生活(생활) 目錄(목록)이 只今(지금)붓허 展開(전개)되난 듯 십헛고 出發點(출발점)이 일노부터 되리라고 生覺(생각)하엿습니다. 싸라서 理想(이상)도 크고 具體的(구체적) 考案(고안)도 잇섯습니다. 何如間(하여간) 前道(전도)를 無限(무한)이 樂觀(낙관)하엿스나 果然(과연) 엇더한 結果(결과)를 맷게 되엿는지 스스로 붓그러워 마지 아는 바외다.

시어머니와 시누이의 對立的(대립적) 生活(생활)

結婚(결혼) 後(후) 一年間(일년간) 시어머니와 同居(동거)하다가 철 업시 사러가는 젊은 內外(내외)에 將來(장래)를 保障(보장)하기 爲(위)하야 故鄕(고향)인 東萊(동래)로 내려가서 집을 작만하고 每朔(매삭) 보내난 돈을 節約(절약)하야 쌍마지기를 작만하고 게섯습니다. 그의 오직 所願(소원)은 아들 며누리가 늘게 故鄕(고향)에 도라와 親戚(친척)들을 울을 삼고 살나함이오 自己(자기)가 분분錢錢(분분전전)이 모은 財産(재산)을 아버지업시 길니운 아들에게 遺産(유산)하는 거시외다. 그리하야 이 財産(재산)이란 거슨 三人(삼인)이 合同(합동)하야 모은 거시외다(얼마되지 안으나) 한사람은 벌고 한사람은 節約(절약)하야 보내고 한사람은 모아서 산 거시외다. 그리하야 두 집 살님이 물샐 틈업시 째이고 滋味(자미)스러윗사외다. 이러케 和樂(화락)한 家庭(가정)에 波亂(파란)을 일으키는 일이 生(생)것사외다.

우리가 歐米漫遊(구미만유)하고 도라온지 一朔(일삭)만에 셋재 偲三寸(시삼촌)이 他地方(타지방)에서 農事(농사) 짓든 거슬 집어치고 一分(일분) 準備(준비)업시 長足下(장족하)되는 큰宅(대) 卽(즉) 우리를 밋고 故鄕(고향)을 차자 도라온 거시외다. 어안이 벙벙한지 몃칠이 못되여 둘재 偲三寸(시삼촌)이 쏘 다섯 食口(식구)를 데리고 왓습니다. 歸家(귀가) 後(후) 就職(취직)도 아니된 쌔라 도웁지도 못하고 보자니 싹하고 實(실)노 亂處(난처)한 處地(처지)이엿사외다. 할 수 업시 三寸(삼촌) 두 분은 一年間(일년간) 아래 방에 뫼시고 四寸(사촌)들은 다 各各(각각) 就職(취직)케 하엿습니다. 이러고 보니 近親間(근친간) 自然(자연) 적은 말이 늘어지고 업난 말이 生(생)기기 시작하게 되엿고 큰 事件(사건)은 朝夕(조석)이 업는 四寸(사촌) 아들을 아모 預算(예산)업시 高等學校(고등학교)에 入學(입학)을 식이고 그 學資(학자)는 우리가 맛게 된 거시외다.

漫遊(만유) 後(후)에 感想談(감상담) 드르러 京鄕(경향) 各處(각처)로붓
허 오는 知人(지인) 親舊(친구)를 待接(대접)하기에도 넉넉지 못하엿다.

업는 거슬 잇는 체 하고 지내난 거슨 虛榮(허영)이나 出世(출세) 方
針上(방침상) 避(피)치 못할 社交(사교)이엇사외다. 이거슬 理解(이해)해
줄 그들이 아니엇시외다. 나는 不得已(부득이) 남편이 就職(취직)할
동안 一年間(일년간)만 停學(정학)하여 달나고 要求(요구)하엿사외다.
三寸(삼촌)은 大發怒發(대발노발) 하엿사외다. 이러자니 돈이 업고 저
러자니 인심 일코 實(실)로 엇절 길이 업섯나이다.

째에 氏(씨)는 外務省(외무성)에서 總督府(총독부) 事務官(사무관)으로
가라난 거슬 실타하고 電報(전보)를 두번이나 拒絶(거절)하고(官吏(관
리)하라고) 固執(고집)을 부려 辯護士(변호사) 開業(개업)을 시작하고
京城(경성) 어느 旅舘客(여관객)이 되어서 입분 妓生(기생) 돈 만흔 갈
보들의 誘惑(유혹)을 밧으면서 내가 某氏(모씨)에게 보낸 片紙(편지)가
口實(구실)이 되여 이 料理(요리)집 저 親舊(친구)에게 離婚(이혼) 意思
(의사)를 公開(공개)하며 다니든 째이엿습니다. 動機(동기)에 아모 罪
(죄) 업는 나는 方今(방금) 서울에 離婚說(이혼설)이 公開(공개)된 줄도
모르고 氏(씨)의 분을 더 돗앗스니 「一寸(일촌)의 압길을 헤아리지
못하는 이 千痴(천치) 바보야. 나종 일을 엇지 하랴고 學資(학자)를

써맛핫느냐」 하엿사외다.

우리 집 살님사리에 間接(간접)으로 全權(전권)을 가진 者(자)가 잇스니 즉 시누이외다. 모든 일에 시어머니에 코춰 노릇을 할 샏 아니라 심지어 서울서 온 손님과 海雲臺(해운대)를 갓다 오면 내일은 반드시 시어머니가 업는 돈을 박박 글거서라도 갓다옵니다. 모다가 내 不德(부덕)의 所産(소산)이라 하겟스나 남보다 만히 배운 나로서 人情(인정)인들 남만 못하랴마는 우리의 이 逆境(역경)에서 이러나기에는 아모 餘裕(여유)가 업섯든 까닭이엿사외다.

내가 歐米漫遊(구미만유)에서 도라오난 길에 여러 親戚(친척) 親舊(친구)들에게 土産物(토산물)을 多少(다소) 샤가지고 왓습니다. 그러나 시어머니와 시누이며 其外(기외) 近親(근친)에게는 사가지고 오지 아니 하엿습니다.

이는 내가 放心(방심)하엿다는 것보다 그들에게 適當(적당)한 物件(물건)이 업섯든 거시외다. 本國(본국) 와서 사듸리려고 한거시 흐지부지한 거시외다. 佛蘭西(불란서)에서 오는 짐 두 짝이 모다 포스타와 繪葉書(회엽서)와 레콧트와 畵具(화구) 쌘인 거슬 볼 째 그들은 섭섭히 역이고 비우순 거시외다. 實(실)노 사는 世上(세상)은 갓흐나 마음 세상이 달느고 하니 苦(고)로온 일이 만핫습니다. 일노 因(인)하야 시어머니와 시누이에 感情(감정)이 말하지 안는 中(중)에 間隔(간격)이 生(생)긴 거시외다.

氏(씨)의 同復(동복) 男妹(남매)가 三男妹(삼남매)이다. 누이 둘이 잇스니 하나는 千痴(천치)요 하나는 只今(지금) 말하는 시누이니 過度(과도)히 쏙쏙하야 빈틈 업시 일 處理(처리)를 하는 女子(여자)외다. 靑春(청춘) 寡婦(과부)로 再嫁(재가)하엿스나 一點(일점) 血肉(혈육) 업시 어대서 나아 온 딸 하나를 金枝玉葉(금지옥엽)으로 養育(양육)할 샏이오. 남은 情(정)은 어머니와 오래비에 쏫으니 錢錢分分(전전분분)이 모은 돈도 오래비를 爲(위)함이라 그리하야 될 수 잇는 대로 오래비와 故鄕(고향)에서 갓가이 살다가 餘生(여생)을 맛치려 함이엇사외다. 어느째 내가 「나는 東萊(동래)가 실혀요. 암만해도 서울 가서 살아야겟서요」 하엿사외다. 以上(이상)에 여러 가지를 모아 오래비 댁은 어머니씌 不孝(불효)오 親戚(친척)에 不睦(불목)이오 故鄕(고향)을 실혀하는 달쓴 사람이라고 結論(결론)이 된 것시외다. 이거시 어느 機會(기회)에 나타나 離婚說(이혼설)에 補助(보조)가 될 줄 하나님 外(외)에 누가 알앗스랴. 果然(과연) 좁은 女子(여자) 感情(감정)이란 무서운 거시오. 그거슬 짐작지 못하고 넘어가는 男子(남자)는 限(한)업시 어리석은 거시외다.

一家庭(일가정)에 主婦(주부)가 둘이어서 시어머니는 내 살님이라 하고 며누리는 싸로 預算(예산)이 잇고 시누이가 干涉(간섭)을 하고 살님하는 마누라가 쇠사실을 하고 前後左右(전후좌우)에는 兄弟(형제) 親戚(친척)이 와글와글하니 多情(다정)치 못하고 약지도 못하고 돈도 업고 方針(방침)도 업고 나이도 어리고 舊習(구습)에 단연도 업는 一個(일개) 主婦(주부)의 處地(처지)가 亂處(난처)하엿사외다. 사람은 外形(외형)은 다 갓흐나 그 內幕(내막)이 얼마나 複雜(복잡)하며 理性(이성) 外(외)에 感情(감정)의 움지김이 얼마나 얼키설키 얽매엿는가.

C(2)와 關係(관계)

C의 名聲(명성)은 일즉붓허 드럿스나 初對面(초대면)하기는 巴里(파리)이엇사외다. 그를 對接(대접)하랴고 料理(요리)를 하고 잇는 나에게 「안녕합쇼」하는 初(초) 인사는 有心(유심)이도 힘이 잇는 말이엇사외다. 以來(이래) 夫君(부군)은 獨逸(독일)노 가서 잇고 C와 나는 佛語(불어)를 모르난 關係上(관계상) 通辯(통변)을 두고 언제든지 三人(삼인)이 同伴(동반)하야 食堂(식당), 劇場(극장), 船遊(선유) 市外(시외) 求景(구경)을 다니며 놀앗사외다. 그리하야 過去之事(과거지사), 現時事(현시사), 將來之事(장래지사)를 論(논)하는 中(중)에 共鳴(공명)되는 點(점)이 만핫고 서로 理解(이해)하게 되엿사외다. 그는 伊太利(이태리) 求

景(구경)을 하고 나보다 몬저 巴里(파리)를 써나 獨逸(독일)노 갓사외다. 其 外(기 외) 콜논에서 다시 맛낫사외다. 내가 그째 이런 말을 하엿나이다. 「나는 公(공)을 사랑합니다.

그러나 내 남편과 離婚(이혼)은 아니 하랍니다」 그는 내 등을 쑥쑥 쑤 듸리며 「과연 당신의 할말이오. 나는 그 말에 만족하오」 하엿사외다. 나는 제네바에서 어느 故國(고국) 親舊(친구)에게 「다른 男子(남자)나 女子(여자)와 조와 지내면 反面(반면)으로 自己(자기) 남편이나 안해와 더 잘 지낼 수 잇지요」 하엿습니다. 그는 共鳴(공명)하엿습니다. 이와 갓혼 生覺(생각)이 잇는 거슨 必竟(필경) 自己(자기)가 自己(자기)를 속이고 마는 거신 줄은 모르나 나는 決(결)코 내 남편을 속이고 다른 男子(남자) 卽(즉) C를 사랑하랴고 하는 거슨 아니엇나이다. 오히려 男便(남편)에게 情(정)이 두터워지리라고 밋엇사외다. 歐米(구미) 一般(일반) 男女(남녀) 夫婦(부부) 사이에 이러한 公然(공연)한 秘密(비밀)이 잇는 거슬 보고 또 잇난 거시 當然(당연)한 일이오 中心(중심)되는 本夫(본부)나 本妻(본처)를 엇지 안는 範圍(범위) 內(내)에 行動(행동)은 罪(죄)도 아니오 失守(실수)도 아니라 가장 進步(진보)된 사람에게 맛당히 잇서야만할 感情(감정)이라고 生覺(생각)합니다. 그럼으로 이러한 事實(사실)을 判明(판명)할 째는 우서두는 거시 수요 일부러 일홈을 지을 必要(필요)가 업는 거시외다. 썬발잔이 生

覺(생각)납니다. 어린 족하들이 배곱하서 못건대는 거슬 참아볼 수 업서서 이웃집에 가 썅 한 조각 집은 거시 原因(원인)으로 前後(전후) 十九年(십구년)이나 監獄(감옥) 出入(출입)을 하게 되엿사외다. 그 動機(동기)는 얼마나 아람다웟든가 道德(도덕)이 잇고 法律(법률)이 잇서 그의 良心(양심)을 속이지 아니 하엿는가. 原因(원인)과 結果(결과)가 싸로싸로 나지 아니 하난가. 이 道德(도덕)과 法律(법률)노 하야 怨痛(원통)한 죽음이 오작 만흐며 怨恨(원한)을 품은 者(자)가 얼마나 잇슬가.

家運(가운)은 逆境(역경)에

所謂(소위) 官吏(관리) 生活(생활)할 쌔 多少(다소) 餘裕(여유) 잇든 거슨 故鄕(고향)에 집 짓고 짱 사고 歐米(구미) 漫遊時(만유시) 二萬餘圓(이만여원)을 썻스며 恩賜金(은사금)으로 二千圓(이천원) 밧은 거시 辯護士(변호사) 開業費用(개업비용)에 다 드러가고 收入(수입)은 一分(일분) 업고 不景氣(불경기)는 날로 甚酷(심혹)해젓습니다. 아모 方針(방침)업서 내가 職業(직업) 戰線(전선)에 나서난 수밧게 업시 되엿사외다. 그러나 運命(운명)의 魔(마)는 이 길까지 막고 잇섯습니다. 歸國(귀국)後(후) 八個月(팔개월)만에 心身過勞(심신과로)로 하야 衰弱(쇠약)해젓습니다. 그러고 내 舞臺(무대)는 京城(경성)이외다. 經濟上(경제상) 關係(관계)로 서울에 살님을 차릴 수 업게 되엿사외다. 쏘 어린 것들을 써나고 살님을 제치고 써날 수 업사외다. 쏨작 못하게 危機(위기) 切迫(절박)한 가온대서 마음만 조리고 잇슬 쑨 이엇나이다. 萬一(만일) 이째 젓먹이 어린 것만 업고 就職(취직)만 되어 生計(생계)를 할 수 잇섯드면 우리의 압헤 이러한 悲劇(비극)이 가로 걸치지를 아니할 거시외다. 이 째 일이엇사외다. 所謂(소위) 片紙(편지) 事件(사건)이외다. 나를 도아줄 사람은 C밧게 업슬 쑨이엇사외다. 그리하야 무어슬 하나 經營(경영)해 보랴고 좀 내려오라고 한 거시외다. 그러고 다시 차자 사괴기를 바란다고 한 거시외다. 그거시 中間(중간) 惡漢輩(악한배)들의 誤傳(오전)으로 「내 平生(평생)을 당신에게 맛기오」가 되어 氏(씨)의 大怒(대노)를 산 거시외다. 나의 말을 밋는다는 것보다 그들의 말을 밋을만치 夫婦(부부)의 情誼(정의)는 기우러젓고 氏(씨)의 마음은 變(변)하기를 시작하엿사외다.

朝鮮(조선)에도 生存(생존) 競爭(경쟁)이 甚(심)하고 弱肉强食(약육강식)이 甚(심)하여젓습니다. 게다가 남의 잘못되난 거슬 잘 되난 것보다 조와하는 심사를 가진 사람들이라 임의 氏(씨)의 입으로 離婚(이혼)을 宣傳(선전) 해노코 片紙(편지) 事件(사건)이 잇고하야 일 업시 남의 말노만 從事(종사)하는 惡漢輩(악한배)들은 그까짓 게집을 데리고 사너냐고 하고 천치 바보라 하야 치욕을 加(가)하엿다. 그 中(중)에는 有力(유력)한 코취자 구룹이 三(삼) 四人(사인) 잇서서 所謂(소위)

思想家的(사상가적) 見地(견지)로 보아 나를 혼자 살도록 해보고 십혼 好奇心(호기심)으로 離婚(이혼)을 强勸(강권)하고 後補者(후보자)를 엇어주고 前後(전후) 考案(고안)을 숨여주엇나이다. 그들의 心思(심사)에는 一家庭(일가정)의 破裂(파열) 어린이들의 前道(전도)를 同情(동정)하는 人情味(인정미)보다 離婚(이혼) 後(후)에 나와 C의 關係(관계)가 엇지 되는가를 求景(구경)하고 십헛고 억세고 줄기찬 한 계집년의 前道(전도)가 慘酷(참혹)이 되난 거슬 演劇(연극) 求景(구경) 갓치 하고 십혼거시엇사외다. 自己(자기)의 幸福(행복)은 自己(자기)밧게 모르는 同時(동시)에 自己(자기)의 不幸(불행)도 自己(자기) 밧게 모르는 거시외다. 이 사람 저사람에게 離婚(이혼)의 意思(의사)를 무러보고 十年(십년) 間(간) 同居(동거)하든 옛날 愛妻(애처)의 缺點(결점)을 發露(발로) 식히난 것도 普通(보통) 사람의 行爲(행위)라 할 수 업거니와 해라해라 하는 추김에 놀아 決心(결심)이 굿어저가는 것도 普通(보통) 사람의 行爲(행위)라 할 수 업는 거시외다.

如何間(여하간) 氏(씨)의 一家(일가)가 悲運(비운)에 處(처)한 同時(동시)에 氏(씨) 一身(일신)의 逆境(역경)이 絶頂(절정)에 達(달)하엿사외다. 事件(사건)이 잇스나 돈 업서서 着手(착수)치 못하고 旅舘(여관)에 잇서 三(삼) 四朔(사삭) 宿泊料(숙박료)를 못내니 朝夕(조석)으로 主人(주인) 對(대)할 面目(면목)업고 社會(사회) 側(측)에서는 離婚說(이혼설)노 批難

(비난)이 자자하니 行勢(행세)할 體面(체면) 업고 性格上(성격상)으로 判斷力(판단력)이 不足(부족)하니 事物(사물)에 躊躇(주저)되고 氏(씨)의 兩(양)쌤쎄가 불숙 나오도록 말느고 눈이 쑥 드러가도록 밤에 잠을 못자고 煩悶(번민)하엿사외다. 氏(씨)는 잠 아니 오난 밤에 곰곰이 生覺(생각)하엿사외다. 爲先(위선) 嫉妬(질투)에 바처오르는 忿(분)함은 얼골을 불게 하엿사외다. 그리고 自己(자기)가 自己(자기)를 生覺(생각)하고 쏘 世上(세상) 맛을 본 結果(결과) 돈벌기처럼 어러운 거시 업는 줄 알앗사외다. 安東縣(안동현) 時節(시절)에 濫用(남용)하든 거시 後悔(후회)나고 안해가 그림 그리랴고 畵具(화구) 산 거시 앗가워젓나이다. 사람의 마음은 마치 배 도대를 바람을 씌여 달면 바람을 싸라 다라나는 것 갓치 그 根本(근본) 生覺(생각)을 다난대로 모든 生覺(생각)은 다 그 便(편)으로 向(향)하야 다라나는 거시외다. 氏(씨)가 그러케 生覺(생각)할사록 一時(일시)도 그 女子(여자)를 自己(자기) 안해 名義(명의)로 두고 십지안은 感情(감정)이 불과 갓치 이러낫사외다. 同時(동시)에 그는 自己(자기) 親舊(친구) 一人(일인)이 妓生(기생) 서방으로 놀고 便(편)히 먹는 거슬 보앗사외다. 이것도 自己(자기) 逆境(역경)에서 다시 살니는 한 方策(방책)으로 生覺(생각)햇슬 째 離婚說(이혼설)이 公開(공개)되니 여긔저긔 돈 잇는 갈보들이 後補(후보)되기를 請願(청원)하는 者(자)가 만하 그 中(중)에서 하나를 取(취)하엿든 거시외다. 째는 안해에게 離婚請求(이혼청구)를 하고 萬一(만일)

承諾(승낙)치 아니면 姦通罪(간통죄)로 告訴(고소)를 하겟다고 威脅(위협)을 하는 째이엇사외다. 아아, 男性(남성)은 平時(평시) 無事(무사)할 째는 女性(여성)의 밧치는 愛情(애정)을 充分(충분)히 享樂(향락)하면서 한 번 法律(법률)이라든가 體面(체면)이란 形式的(형식적) 束縛(속박)을 밧으면 昨日(작일)까지의 放恣(방자)하고 享樂(향락)하든 自己(자기) 몸을 도리켜 今日(금일)의 君子(군자)가 되여 점잔을 쌔는 卑怯者(비겁자)요 橫暴者(횡포자)가 아닌가. 우리 女性(여성)은 모다 이러나 男性(남성)을 呪詛(주저)하고저 하노라.

離婚(이혼)

나는 아해들을 다리고 東萊(동래) 잇섯슬 째외다. 京城(경성)에 잇는 氏(씨)가 到着(도착)한다는 電報(전보)가 왓습니다. 나는 大門(대문) 밧까지 出迎(출영)하엿사외다. 氏(씨)는 나를 보고 反目(반목) 不見(불견)으로 실측합니다. 그의 顏色(안색)은 蒼白(창백)하엿고 눈은 드러갓섯나이다. 나는 깜작 놀낫사외다. 그러고 무슨 不祥事(불상사)가 잇는 듯하야 가삼이 두군거렷나이다. 氏(씨)는 거는방으로 가더니 나를 부름니다.

「여보 이리 좀 오」

나는 건너갓사외다. 아모 말 업시 그의 눈치만 보고 안젓섯사외다.

「여보 우리 離婚(이혼)합시다」

「그게 무슨 소리요 별안간에」

「당신이 C에게 편지하지 안앗소」

「햇소」

「'내 平生(평생)을 바치오'하고 편지 안햇소?」

「그러치 아니 햇소」

「왜 그짓말을 해 何如間(하여간) 離婚(이혼)해」

그는 부등부등 내 장 속에 느엇든 重要(중요) 文書及(문서급) 保險券(보험권)을 쓰내서 各其(각기) 논하 가지고 안방으로 가서 自己(자기) 어머니에게 맷김니다.

「애 고모어머니 오시래라 三寸(삼촌) 오시래라」

未久(미구)에 하나式(식) 둘式(식) 모혀드럿습니다.

「나는 리혼을 하겟소이다」

「애 그게 무슨 소리냐 어린 것들은 엇재고」

어제 京城(경성)서 미리 온 편지를 보고 病席(병석)처럼 하고 누어 잇든 시어머니난 만류하엿사외다.

「어 그 사람 쓸대업는 소리」

兄(형)은 말하엿사외다.

「형님 그게 무슨 소리요」

「서방질하난 것하고 엇지 살아요」

一同(일동)은 잠잠하엿다.

「리혼 못하게 하면 나는 죽겟소」

이째 一同(일동)은 머리를 한데 모고 소곤소곤 하엿소이다. 시누이가 주장이 되여 일이 決定(결정)되나이다.

「네 마음대로 하라 어머니에게도 不孝(불효)요 친척에게도 불목이란다」

나는 坐中(좌중)에 쒸여드럿습니다.

「하고 섭흐면 합세다. 이러니저러니 여러 말 할 것도 업고 업는 허물을 잡어낼 것도 업소 그러나 이 집은 내가 짓고 그림 판 돈도 드럿고 돈 버는대 혼자 버럿다고도 할 수 업스니 全財産(전재산)을 半分(반분)합세다」

「이 財産(재산)은 내 財産(재산)이 아니다. 다 어머니 것이다」

「누구는 산송장인 줄 아오 주기 실탄 말이지」

「罪(죄) 잇는 게집이 무슨 쌘쌘으로」

「罪(죄)가 무슨 罪(죄)야 맨드니 罪(죄)지!」

「이것만 줄 거시니 팔아가지고 가거라」

氏(씨)는 논문서 한장 約(약) 五百圓(오백원) 假量(가량) 價格(가격)되
난 거슬 내어준다.

「이싸위 것을 가질 내가 아니다」

氏(씨)는 京城(경성)으로 간다고 이러신다. 그길노 누의 집으로 가
서 議論(의논)하고 갓사외다.

나는 밤에 잠을 일우지 못하고 곰곰 生覺(생각)하엿사외다.

「아니다. 아니다. 내가 謝罪(사죄)할 거시다. 그러고 내 動機(동기)
가 惡(악)한 거시 아니엿다난 거슬 말하자 일이 커저서는 滋味(자미)
업다. 어린것들의 前程(전정)을 보아 내가 屈(굴)하자」

영원한 신여성
나혜석 작품집

나는 不然(불연)듯 京城向(경성향)을 하엿사외다. 旅舘(여관)으로 가서 그를 맛나 보앗사외다.

「모든 거슬 내가 잘못하엿소 動機(동기)만은 決(결)코 惡(악)한 거시 아니엿소」

「지금 와서 이게 무슨 소리야 어서 도장이나 찍어」

「어린 자식들은 엇지 하겟소」

「내가 잘 길느겟스니 걱정마러」

「그래지 맙세다. 당신과 내 힘으로 못 살겟거든 우리 宗敎(종교)를 잘 밋어 宗敎(종교)의 힘으로 삽세다. 예수는 萬人(만인)의 罪(죄)를 代身(대신)하야 十字架(십자가)에 못박히지 아니햇소?」

「듯기실혀」

나는 눈물이 낫스나 속으로 우섯다. 世上(세상)을 그러케 빗두로 얼켜맬거시 무어신가. 한 번 男子(남자)답게 썰썰 우서두면 萬事(만

사) 無事(무사)히 되난 것 아닌가. 나는 氏(씨)가 搖地不動(요지부동)할
거슬 알앗사외다. 나는 某氏(모씨)에게로 다라낫사외다.

「옵바 離婚(이혼)을 하자니 엇절가요」

「하지 네가 고생을 아직 몰누니가 고생을 좀 해보아야지」

「저는 子息(자식)들 前程(전정)을 보아 못하겟서요」

「에렌케이 말에도 不和(불화)한 夫婦(부부) 사이에 길느는 子息(자식)
보다 離婚(이혼)하고 새 家庭(가정)에서 길느는 子息(자식)이 良好(양호)
하다지 아니 햇는가」

「그거슨 理論(이론)에 지나지 못해요 母性愛(모성애)는 尊貴(존귀)하
고 偉大(위대)한 거시니까요 母性愛(모성애)를 일는 에미도 不幸(불행)
하거니와 母性愛(모성애)에 길니지 못하는 子息(자식)도 不幸(불행)하
외다. 이거슬 아는 以上(이상) 나는 離婚(이혼)은 못 하겟서요 옵바
仲裁(중재)를 식혀주세요」

「그러면 只今(지금)붓허 絶對(절대)로 賢母良妻(현모양처)가 되겟는가」

「只今(지금)까지 내 스스로 賢母良妻(현모양처) 아니 된 일이 업스나 氏(씨)가 要求(요구)하는 대로 하지요」

「그러면 내 仲裁(중재) 해보지」

某氏(모씨)는 電話器(전화기)를 들어 社長(사장)과 營業(영업) 局長(국장)에게 電話(전화)를 거럿사외다. 仲裁(중재)를 식히자는 말이엇사외다. 電話答(전화답)이 왓사외다. 타협될 希望(희망)이 업스니 斷念(단념)하라하나이다. 某氏(모씨)는

「하지 해 그만치 要求(요구)하난 거슬 안드를 必要(필요)가 무엇 잇나」

氏(씨)는 小說家(소설가)인이만치 人生(인생) 內面(내면)에 苦痛(고통)보다 事件(사건) 進行(진행)에 好奇心(호기심)을 가진 거시엇사외다. 나는 여 긔서도 滿足(만족)을 엇지 못하고 도라왓나이다. 그날 밤 旅舘(여관)에서 잠이 아니 와서 업치락 뒤치락 할쌔 사랑에서는 妓生(기생)을 불너다가 興(흥)이냐 興(흥)이냐 놀며 째째로 썰썰 웃는 소리가 숨어드러 왓나이다. 이 어이한 矛盾(모순)이냐 相對者(상대자)의 不品行(불품행)을 論(논)할진대 自己(자기) 自身(자신)이 淸白(청백)할 거시 當然(당연)할 일이거든 男子(남자)라는 名目下(명목하)에 異性(이성)

과 놀고 자도 關係(관계)업다는 當當(당당)한 權利(권리)를 가젓스니 社會制度(사회제도)도 制度(제도)러니와 沒常識(몰상식)한 態度(태도)에는 우숨이 나왔나이다. 마치 어린애들 作亂(작란) 모양으로 너 그러니 나도 이래겟다는 行動(행동)에 지내지 아니햇사외다. 人生(인생) 生活(생활)의 內幕(내막)의 複雜(복잡)한 거슬일즉이 直接(직접) 經驗(경험)도 못하고 能(능)히 想像(상상)도 못하는 氏(씨)의 일이라 未久(미구)에 後悔(후회)날 거슬 짐작하나 임에 妓生(기생) 愛人(애인)에 熱中(열중)하고 지난 일을 口實(구실)음아 離婚(이혼) 主張(주장)을 固執不通(고집불통)하는 대야 氏(씨)의 마음을 도리키게할 아모 方針(방침)이 업섯사외다.

나는 不得已(부득이) 東萊(동래)를 向(향)하야 써낫사외다. 奉天(봉천)으로 다라날가 日本(일본)으로 다라날가 요곱이만 넘기면 無事(무사)하리라고 確信(확신)하는 바이엿사외다. 그러나 不幸(불행)이 내 手中(수중)에는 그만한 旅費(여비)가 업섯든 거시외다. 苦痛(고통)에 못 견대서 大邱(대구)에서 나렷사외다. Y氏(씨) 집을 차자가니 반가위하며 演劇場(연극장)으로 料理(요리)집으로 술도 먹고 담배도 피여 그 夫人(부인)과 三人(삼인)이 날을 새엿 사외다. 氏(씨)는 사위 엇을 걱정을 하며 人材(인재)를 求(구)해달나고 합니다. 나만 아는 내 苦痛(고통)은 쉴새 업시 내 마음속에 돌고돌고 빙빙 돌 고 잇나이다.

할 수 업시 東萊(동래)로 내려 갓사외다. 氏(씨)에게서는 如前(여전)히 二日(이일)에 한 번式(식) 督促(독촉)장이 왓사외다.

「리혼장에 도장을 치오. 十五日(십오일) 內(내)로 아니 치면 告訴(고소)하겟소」

내 답장은 이러하엿사외다.

「남남끼리 合(합)하난 것도 當然(당연)한 理治(이치)요 써나는 것도 當然(당연)한 理治(이치)나 우리는 서로 써나지 못할 條件(조건)이 네 가지가 잇소 一(일)은 八十(팔십) 老母(노모)가 게시니 不孝(불효)요 二(이)는 子息(자식) 四男妹(사남매)요 學齡(학령) 兒童(아동)인 만치 保護(보호)해야 할 거시오 三(삼)은 一家庭(일가정)은 夫婦(부부)의 共同生活(공동생활)인만치 分離(분리)케 되는 同時(동시)는 맛당히 一家(일가)가 二家(이가)되는 生計(생계)가 잇서아 할 거시오. 이거슬 마련해 주는 거시 사람으로서의 義務(의무)가 아닐가 하오 四(사)는 우 年齡(연령)이 經驗(경험)으로 보든지 時機(시기)로 보든지 純情(순정) 卽(즉) 사랑으로만 산다난 것보다 理解(이해)와 義(의)로 사라야 할 것이오 내가 임의 謝過(사과)하엿고 내 動機(동기)가 專(전)혀 惡(악)으로 된것아니오 쏘 氏(씨)의 要求(요구)대로 賢妻良母(현처양모)가 되리라」고 하엿사외다.

氏(씨)의 답장은 이러하엿사외다.

「나는 過去(과거)와 將來(장래)를 生覺(생각)하는 사람이 아니오 現在(현재)로만 살아갈 쑨이오 정말 子息(자식)이 못 잇겟다면 離婚(이혼) 後(후) 子息(자식)들과 同居(동거)해도 조코 前(전)과 쪽갓치 지내도 無關(무관)하오」

나를 쇠이는 말인지 離婚(이혼)의 始末(시말)이 엇지 되는지 亦是(역시) 沒常識(몰상식)한 말이엇사외다. 해달나 아니 해주겟다 하는 동안이 거의 한 달 동안이 되엇나이다. 하로는 停學(정학)식혀 달나고 한 三寸(삼촌)이 怒心(노심)을 품고 압장을 시고 시숙들 시누이들이 모여 내게 肉迫(육박)하엿사외다.

「잘못했다는 표로 도장을 찍어라 그 뒤 일은 우리가 다 무사이 맨드를 거시니」

「婚姻(혼인)할 째도 두사람이 한 일이니까. 離婚(이혼)도 두 사람이 할터이니 걱정을 마시고 가시오」
나는 밤에 한 잠 못 자고 생각하엿사외다.

일은 임의 틀녓다. 게집이 生(생)겻고 親戚(친척)이 同議(동의)하고 한 일을 혼자 아니 하랴도 쓸대업난 일이다. 나는 문듯 이러한 方針(방침)을 生覺(생각)하고 誓約書(서약서) 두장을 썻습니다.

誓約書(서약서)

夫(부) ○○○과 妻(처) ○○○은 萬(만) 二.(이) 個年(개년)동안 再嫁(재가) 又(우)는 再娶(재취)치 안키로 하되 彼此(피차)에 行動(행동)을 보아 復舊(복구)할 수가 잇기로 誓約(서약)함

右(우) 夫(부)○○○ 印(인)

妻(처)○○○ 印(인)

仲裁(중재)를 식히러 上京(상경)하엿든 偲叔(시숙)이 圖章(도장)을 찍어가지고 내려왓나이다. 그는 이러케 말하엿나이다.

「여보 아주머니 찍어줍시다. 그싸짓 종이가 말하오 子息(자식)이 四男妹(사남매)나 잇스니 이 집에 對(대)한 權利(권리)야 어대 가겟소 그리고 兄(형)님도 말 쑨이지 설마 手續(수속)을 하겟소」

엽헤 안젓든 시어머니도

「그러타 쏀이겟니. 그러다가 病(병)날가 보아 큰 걱정이다. 찍어 주고 저는 게집 엇어 살거나 말거나 너는 나하고 어린 것들 다리고 살자그려」

나는 속으로 우섯다. 그리고 아니쏩고 속 傷(상)햇다. 얼는 도장을 쓰내다가 주고

「우물쭈물할 것 무엇 잇소 열번이라도 찍어주구려」

果然(과연) 종이 한 장이 사람의 心事(심사)를 얻어케 움지기게 하는지 豫測(예측)치 못하든 일이 하나式(식) 둘式(식) 生(생)기고 쌔를 싸라 變(변)하는 樣(양)은 우름으로 볼가 우슴으로 볼가 絶對(절대) 無抵抗主義(무저항주의)의 態度(태도)를 가지고 黙言(묵언) 中(중)에 타임이 運搬운반하는 感情(감정)과 事物(사물)을 쑥쑥 참고 하나식 격거 제칠 쏀이 엇나이다.

[次号續(차호속)][1]

(1) 편집자 주: '다음 편에 이어짐'이라는 뜻

3편

나혜석의
미술작품

자화상

화령전 작약

6호

강변

농촌 풍경

마차

선죽교

수원 서호

수원 화성문

수원의 호숫가

스페인 국경

스페인 항구

스페인 해수욕장

무희

불란서 마을 풍경

이국 풍경

별장

만주 봉천 풍경

이상을 지시하는 계명자

김일엽 선생의 가정생활

개척자

저것이 무엇인고

이화원

영원한 신여성
나혜석 작품집

인천 풍경

파리 풍경

풍경

다솔사

영원한 신여성
나혜석 작품집

작가연보

나혜석

나혜석

1896

- 4월 경기도 수원에서 나주 나씨 나기정(羅基貞)과 수성 최씨 최시의(崔是議)의 5남매 중 넷째로, 딸로서는 둘째로 출생. 아버지 나기정은 한일합방 전후 군수를 지낸 개명관료.

1910

- 6월 수원 삼일여학교[1] 졸업.
- 9월 서울에 있는 진명여학교에 진학[2].

1912

- 진명여학교 3학년. 7명의 동급생 중 급장이자 1등.

1913

- 3월 경성 사립 진명여자고등보통학교를 최우수로 졸업.
- 4월 둘째 오빠 경석의 권유로 일본도쿄 사립 여자 미술학교 서양화부 선과 보통과 1학년(4년 과정)에 입학.

---

1) 나혜석의 사촌오빠인 나중석이 1920년 수원 보시동 북감리 교회 내에 설립한 사립삼일여학당으로 1909년 삼일여학교로 변경하였다. 나혜석은 1910년 신학제에 의한 제1회 졸업생 4명 중 한 명. 현재 매향여자경영정보고등학교
2) 두 살 아래인 동생 지석도 함께 진학하여 자매가 함께 기숙사 생활을 함

1914

- 12월 도쿄 조선인 유학생 잡지 《학지광》 3호에 최초의 글 '이상적 부인'을 발표.[3]

1915

- 1월 아버지의 결혼 강요로 학교로 돌아가지 못하고 휴학. 아버지의 엉뚱한 결혼 권유에 맞서 여주공립보통학교 교원으로 1년간 근무.
- 12월 아버지 나기정 사망. 이해 말 최승구는 결핵 병세가 악화되어 조선으로 돌아가 전남 고흥 군수로 있던 형 최승칠의 집에서 요양함.

1916

- 2월 전남 고흥으로 죽기 직전의 최승구를 보러 감. 나혜석이 방문한 다음 날 최승구는 25세로 죽었고, 전남 고흥읍 남계리 오리정 공동묘지에 묻힘.

1917

- 3월 《학지광》에 '잡감'[4]을 발표. 필명으로 정월(晶月, 약자로 c.w)이란 호를 사용.
- 7월 《학지광》에 '잡감-K언니에게 여함' 발표. 도쿄 여자친목회의 기관지인 《여자계》 창간호에 소설을 발표했을 것으로 추측.

---

3) 당시 일본에서는 여성문예동인지 《청탑》을 중심으로 여성해방론과 신여성 운동이 매우 활발하게 전개되고 있었고 나혜석도 그러한 지적 자장 안에서 글쓰기를 시작

4) 유학생 모임인 학우회의 망년회에 참석했던 소감을 쓴 것

1918

- 3월 《여자계》 2호에 단편 소설 '경희' 발표. H.S란 이름으로 시 '광(光)'도 발표.
- 3월 사립 여자 미술학교 졸업.[5]
- 4월 귀국. 모교인 진명여학교에서 교편을 잡음.
- 9월 《여자계》 3호에 단편 소설 '회생한 손녀에게' 발표.

1919

- 1월 2월까지 《매일신보》에 '섣달 대목'이란 주제로 5회, '초하룻날'이란 주제로 4회, 모두 9점의 만평을 연재.
- 3월 서울의 신마실라(이화학당 교사), 박인덕(이화학당 교사), 신준려(이화학당 교사), 황에스터(黃愛施德, 호적명 황애덕, 동경여자의학전문학교 학생), 김마리아(정신여학교 출신 동경유학생) 등과 이화학당 지하실에서 비밀 회합을 가지며 3·1 운동에 여학생 참가 계획을 추진하다가 체포됨.
- 8월 5개월간 옥고를 치른 뒤 경성지방법원의 '면소 및 방면' 결정으로 풀려 남. 이후 정신여학교에서 미술교사로 재직.
- 11월 어머니 최시의 사망.

1920

- 이해 여름, 첫딸 나열을 임신한 탓인 듯 정신여학교를 그만둠.
- 9월 조선노동공제회의 기관지인 《공제》 창간호에 판화 '조조(早朝)'를 발표.

---

5) 졸업작품은 사립미술학교의 화재로 남아 있지 않음

- 4월《신여자》제2호에 판화 '저것이 무엇인고' 발표. 정동 예배당에서 김필수 목사의 주례로 김우영과 결혼.[6]

- 6월 김우영과의 약혼시대를 회상한 4년 전의 일기 중에서 글을 모아《신여자》제4호에 발표(3월 집필). 동지에 '김일엽 선생의 가정생활'을 그린 4장의 목판화를 발표. 임신을 했다는 초조감으로 2개월간 일본 생활.

김우영과의 결혼식

1921

- 1월《폐허》에 시 '사(砂)', '냇물' 발표.

- 2월《동아일보》에 '회화와 조선여자' 발표.

- 3월 임신 9개월의 무거운 몸으로 경성일보사[7] 내청각에서 유화 개인 전람회를 엶.[8] 그림 70여 점이 전시되었고 높은 값에 작품

---

6) 나혜석과 김우영은 이날의 동아일보에 청첩장을 내었고 같은 신문에 이들의 사진과 함께 결혼 소식이 보도됨. 결혼 후 신혼여행 대신 김우영과 함께 전남 고흥군에 있는 최승구의 묘지에 찾아가 비석을 세우고 돌아옴
7) 조선총독부의 일어판 기관지로 한글판은 매일신보
8) 이는 우리나라 서양화 전시회로서는 평양에서 열린 김관호의 전람회 다음인 두 번째, 서울에서는 처음으로 열린 유화 개인전이었음

들이 팔림. '양화 전람에 대하여'를 《매일신보》에 발표.

- 4월 제1회 서화 협회전람회(協展)에 유화 출품. 《매일신보》가 입센의 희곡을 '인형의 가(家)'란 제목으로 번역·연재하면서 제일 마지막 회에 나혜석에게 가사를 지어줄 것을 청탁, 4월 3일자 신문에 노래 가사 '인형의 가'를 발표. 이 가사에는 김영환이 작곡한 악보가 함께 실림. 첫딸(나열) 출산.

- 7월 《신가정》에 소설 '규원(閨怨)'을 발표.[9] 《개벽》에 판화 '개척자' 발표.

- 9월 김일엽의 '부인 의복 개량에 대하여 한 가지 의견을 드리나이다'에 반박하는 글 '김원주 형의 의견에 대하여-부인의복 개량 문제'를 《동아일보》에 발표. 9월 일본 외무성의 관리로 만주 안동현 부영사로 부임하는 남편을 따라 만주로 이주. 안동현 부영사 사택 거주 시작.

1922

- 3월 안동현에 여자 야학 설립을 주도.

- 6월 조선총독부 주최의 제1회 조선미술전람회 유채수채화 분야에 출품. '봄', '농가' 입선.[10]

1923

- 1월 첫딸 나열을 임신해서 낳아 돌이 될 때까지의 심리적 육체적 변화를 솔직하게 기록하면서 모성의 신화를 부정한 '모(母)된 감상기'를 《동명》에 발표.

---

9) 이 소설은 제2호에 계속 연재될 예정이었으나 《신가정》 제2호가 나오지 못하여 미완상태임
10) 이 분야에는 입상은 없고 입선만 61명이었는데 그 중 조선인은 나혜석 외에 고희동과 정규역이 있을 뿐이었음

- 3월 백결생이 '모된 감상기'를 비판하는 '관념의 남루를 벗은 비애'를 발표하자 이에 반박하는 글 '백결생에게 답함'을 《동명》에 발표.

- 6월 제2회 조선미술전람회에 '봉황성의 남문'이 4등, '봉황산'이 입선. 부잣집 아들과의 이루어질 수 없는 사랑을 비관한 기생 강명화의 자살에 대한 시론 '강명화의 자살에 대하여'를 《동아일보》에 발표.

- 9월 고려 미술회에 발기 동인으로 참가.

- 11월 《신여성》에 '부처간의 문답' 발표. 염상섭의 단편소설집 《견우화》에 표지 그림 '견우화'를 그림.

1924년

- 이해 말엽에 첫 아들 선(宣) 낳음.

- 6월 제3회 조선미전에 '추의 정'이 4등, '초하의 오전'이 입선.

- 7월 《만주의 여름》을 《신여성》에 발표. '1년 만에 본 경성의 잡감'[11]을 《개벽》에 발표.

- 8월 '나를 잊지 않는 행복'을 《신여성》에 발표.

1926년

- 1월 자신의 육아 경험을 '내가 어린애 기른 경험'으로 《조선일보》에 발표. 여성의 해방을 위해서 생활 개량이 필요하다는 주장을 담은 '생활개량에 대한 여자의 부르짖음'을 《동아일보》에 발표.

- 4월 소설 '원한'[12]을 《조선문단》에 발표.

---

11) 미전을 위해 오랜 만에 서울에 온 감상을 기록한 글
12) 여성에 대한 인습적인 생각에서 벗어나지 못한 구여성의 비극을 다룬 작품

- 5월 제5회 조선미술전람회에 '천후궁(天后宮)'이 특선, '지나정(支那町)'이 입선. 자신의 창작 과정을 쓴 '미전 출품 제작 중에'를 《조선일보》에 발표.
- 6월 '내 남편은 이러하외다'[13]를 《신여성》에 발표.
- 12월 둘째 아들 진(辰)을 낳음.

1927년

- 6월 부산을 출발하여 구미 여행길에 오름.[14]
- 10월 파리에서 한국유학생들이 주최한 환영회에서 최린을 처음 만남.[15]

1928년

- 7월 영국을 관광하고 영국 여성 참정권 운동에 참가했던 여성으로부터 영어를 배우면서 여성 참정권 운동에 대해서도 관심을 가짐.
- 9월 미국을 향해 파리를 떠남.[16]

---

13) 남편 김우영의 성격을 소개하는 글
14) 나열, 선, 진의 세 아이는 칠순의 시어머니에게 맡기고 남편 김우영을 따라 나선 길이다. 시베리아 횡단 열차를 타고 7월 파리에 도착했다. 김우영은 법률을 공부하기 위해 베를린으로 가고 나혜석은 파리에서 야수파의 화가인 비시에르의 화실에 다니면서 그림 공부를 했음
15) 3·1 운동 당시 민족대표 33인 중의 한 사람이었던 최린은 천도교 도령(道領)으로 1926년에 구미 여행길에 나서 미국을 거처 파리에 도착. 나혜석은 최린과 함께 파리관광을 함
16) 파리의 비시에르의 화실에서 그림 공부를 하면서 나혜석의 그림은 야수파의 영향을 받게 됨. 유럽여행의 소산으로 '스페인 국경', '스페인 해수욕장', '무희', '파리 풍경', '나부' 등의 유화가 남아 있음

나혜석의 초상화

1929년

- 2월 미국 샌프란시스코항에서 출항. 3월 3일에 요코하마항 도착. 1주일 정도 도쿄에 머무름.

- 3월 요코하마항에 도착. 1주일 정도 도쿄에 머물렀다 부산으로 감. 동래 시댁에서 살게 됨.[17]

- 6월 셋째 아들 건(健)[18] 출산.

- 8월 《별건곤》에 기자 차상찬이 쓴 탐방 기사 '구미를 만유하고 온 여류화가 나혜석 씨와의 문답기'가 실림.

- 9월 이틀간 수원성 내 남수리 불교 포교당에서 '구미사생화 전람회'라는 제목으로 전시회 개최.[19]

나혜석의 가족 사진

---

17) 당시 남편 김우영은 무직자로 변호사 개업준비 때문에 서울에 머물러 있었음
18) 혁명과 건설의 도시 파리의 산물임을 기념하여 이름을 '건'으로 지었다고 함
19) 구미 여행 중 그린 그림과 수집한 그림(복제품)을 함께 전시했다고 한다. 《동아일보》 수원 지국 주최, 《중외일보》 수원지국 후원.

1930년

- 1월 김우영은 서울에서 변호사 사무실을 열었으나 경제적으로 곤궁했음. 당시 파리에서 있었던 나혜석과 최린의 연애에 관한 소문이 조선 사교계에 퍼져 나가면서 나혜석과 김우영의 관계가 악화되기 시작.

- 3월 구미 여행담을 쓴 '프랑스 가정은 얼마나 다를까'를 《동아일보》에 발표.[20]

- 4월 '구미시찰기'를 《동아일보》에 발표.

- 6월 제9회 조선미술전람회에 딸 나열이 갓난 아들 건을 업은 그림 '아이들'과 파리의 풍경을 그린 '화가촌'이 입선. 《삼천리》에 인터뷰 '우애결혼, 시험결혼'[21]이 실림.

- 7월 '파리에서 본 것, 느낀 것'을 《대조》에 발표.

- 9월 '젊은 부부'를 《대조》에 발표.

- 11월 김우영은 이혼신고서를 부청에 제출, 이혼 성립.

1931년

- 5월 제10회 조선미술전람회에 '정원'[22]이 특선, '작약'과 '나부'가 입선.

- 10월 일본 제12회 제전(帝展)에 '금강산 삼선암'과 '정원'을 출품, '정원'이 입선.

- 11월 도쿄에 있으면서 제전 입선 후의 소감인 '나를 잊지 않는 행복'[23]을 《삼천리》에 발표.

---

20) 나혜석은 이후에도 수차례 구미 여행기를 씀
21) 이혼의 비극을 예방하기 위해 시험결혼이 필요하며, 시험결혼기간 동안에는 산아제한이 필요하다는, 조선의 인습을 뛰어넘는 내용을 담고 있는 글
22) '정원' 특선 소식은 이혼 후의 나혜석에게 큰 기쁨과 힘이 됨
23) 이미 한 번 발표했던 글이나, 이혼 후 전업화가로서 살아갈 수 있으리라는 자신감을 덧붙이고 있음

1932년

- 1월 '아아 자유의 파리가 그리워'를 《삼천리》에 발표.

- 4월 일본에서 돌아와 잠시 중앙보육원에서 미술 교사로 근무함. '파리의 모델과 화가 생활'을 《삼천리》에 발표.

- 6월 제11회 조선미술전람회에 '소녀', '금강산 만상정', '창가에서' 가 무감사 입선.[24]

- 7월 '조선미술전람회 서양화 총평'을 《삼천리》에, '앙데팡당 식이 나-혼미 저조의 조신미술전람회를 비판함'을 《동광》에 발표했다.

- 12월 1934년 9월까지 《삼천리》에 9번에 걸쳐 구미 여행의 기행 문 '구미 유기'를 연재했다.

1933년

- 1월 분주했던 결혼 생활을 회상한 '화가로 어머니의 나의 10년간 생활'을 《신동아》에 발표. 구미 여행 시 베를린에서 맞았던 정월 풍속을 소개하는 글 '베를린의 그 새벽'을 《신가정》에 발표.

- 2월 서울 종로구 수송동에 '여자미술학사' 개관.[25] '모델'을 《조선 일보》에 발표.

- 4월 죽은 지 17년이 된 애인 최승구를 추모하는 글 '원망스런 봄 밤'을 《신동아》에 발표.

- 5월 '파리의 어머니 날'을 《신가정》에 발표.

---

24) 그러나 이미 조선 미전 특선, 제전 입선의 경력을 가진 나혜석으로서는 그리 영 광스러운 일은 아니었고 나혜석의 그림에 대한 평도 그리 좋지 못함. 나혜석 또 한 미전 제도에 대한 비판을 담은 글을 썼음
25) 이혼과 화재의 심적 타격으로 수전증이 생겨 왼팔의 부자유를 느끼면서도 미술 개인 지도를 하는 한편 주문을 받아 초상화를 그리는 일을 함

- 10월 '연필로 쓴 편지'[26]를 《신동아》에 발표.

- 12월 자전적 장편소설 '김영애'를 써서 이광수에게 보이려고 발표를 주선해 줄 것을 부탁했다고 하나 발표되지는 않은 듯함. '선죽교'를 그림.

1934년

- 1월 조선중앙일보 현상 공모 '우스운 이야기' 부문에 '떡 먹은 이야기'가 당선.[27]

- 2월 '밤거리의 축하식-외국의 정월'[28]을 《중앙》에 발표.

- 3월 '다정하고 실질적인 프랑스 부인-구미 부인의 가정 생활'[29]을 《중앙》에 발표.

- 7월 '여인 독거기'를 《삼천리》에 발표.

- 8월 1932년 여름 총석정 해변에서 만난 구여성의 이야기를 담은 '총석정 해변'을 《월간 매신》에 발표. '이혼 고백장'[30]을 《삼천리》에 발표.

- 9월 변호사 소완규를 통해 최린에게 정조 유린에 대한 위자료 12,000원을 청구하는 소송을 제기했고 이 사실이 9월 20일자 조선중앙일보와 동아일보에 보도됨.[31]

---

26) 도쿄 유학시절 일본인 화가 사또가 자기를 연모하면서 일어났던 사건을 회상하여 쓴 글
27) 상금은 2원이었음
28) '베를린의 그 새벽'과 유사한 내용
29) 수원에서 삼일여학교를 다니던 시절 삼일학교를 다녔던 남학생에 얽힌 추억담
30) 김우영을 만나서 연애하고 결혼하고 이혼하기까지의 개인적인 생활과 심경을 솔직하게 쓰고, 여성에게 일방적으로 강요되는 정조관념을 비판함으로써 사회적으로 논란을 불러 일으킴
31) 최린의 압력으로 동아일보의 기사는 삭제되었고, 나혜석은 소송 취하조건으로 최린으로부터 수천 원을 받았다고 함